儒林鹿渡

陳炳藻 著

作者聲明

本書內容均屬虛構，偶與現實有雷同之處，
只因生活廣博無垠，無所不納之故。

本創文學 93

儒林鹿渡

作　　者：陳炳藻
責任編輯：黎漢傑
設計排版：陳先英
法律顧問：陳煦堂 律師

出　　版：初文出版社有限公司
　　　　　電郵：manuscriptpublish@gmail.com

印　　刷：陽光印刷製本廠

發　　行：香港聯合書刊物流有限公司
　　　　　香港新界荃灣德士古道 220-248 號
　　　　　荃灣工業中心 16 樓
　　　　　電話：(852) 2150-2100　傳真：(852) 2407-3062

海外總經銷：貿騰發賣股份有限公司
　　　　　電話：886-2-82275988　傳真：886-2-82275989
　　　　　網址：www.namode.com

版　　次：2024 年 3 月初版
國際書號：978-988-70341-5-5
定　　價：港幣 88 元 新臺幣 320 元

Published and printed in Hong Kong
香港印刷及出版

儒林鹿渡

獻給

衷心為教育服務的人群

目錄

自序

　　我寫《儒林鹿渡》，用的是比較嚴肅的創作題材。

　　一位朋友讀完初稿，曾經問我，裏面某些情景和人物，是否截然可辨？這可能是因為三篇小說中之一的點題篇〈鹿渡〉用了第一人稱作為敘述者而引起的錯覺吧。我覺得《紅樓夢》作者開宗明義讓甄士隱（真事隱）借太虛幻境的牌坊兩邊那副對聯：「假作真時真亦假，無為有處有還無」，賞給了我一個蓋全的回答。

　　在我第一本短篇小說集《投影》的序文裏，那時年輕的我，說：一個小說創作者，在創作的時候，往往擺不脫他生活圈子裏所接觸到的人物和事序在他心版上投下的形象；過了這麼些年，我對我小說裏面的人物和情節的營造，仍然抱著同樣的看法，書中故事、人物、時間、地點、事件等等，固屬虛構。但是，骨子裏，這些小說結構的基因後面，其個體經過了社會現實種種的磨練後，個別或系統地凝合起來，再從我的小說中出現的時候，已經是跟我親自經歷過、認識過、或者看過

和見證過的，有了層次上的區別。

　　我們這一代人的一生，哪兒能活在虛幻中不接觸現實？一旦插足現實，即使是一寸光陰，一方塊地皮，就算是來自立杆的影子，甚或是浮游在空氣的因子等等，在在構建了個人身心裏那些離不開甩不掉的成分，與個人獨有的想像力共存亡。我的看法，作者就是這麼一個混凝體。我是沒有能力去分解這混凝如玉蠟般的個體的；當混凝質體軟化時擺灑出來的，或點點滴滴，或如潤物無聲的細雨，都含著現實與虛幻的基因，既有獨立的存在，更有真假的凝結，這影像不知怎的卻令我想著莊子形容時至的秋水，讓人處身渚崖之間，不辨牛馬。

　　我的體驗是：小說的寫法，不是講故事，小說的讀法，也不單是看故事。我自己讀別人的小說，除了欣賞作者的文筆和感性之外，我最愛發現作者那精心運籌的佈局、伏線的安排、情節的前後發展照應是否妥貼、比喻是否過露還是潛浮、語氣感性的素質適合當前的局面否；有的時候，讀到一兩句看起來是等閒的對話，讓我領悟到作者為何會讓主人翁這樣說的時候，我就其樂無窮地會心雀躍起來……，凡此等等，都是我自動去領略某些作者那猶如出竅般的寫作過程，這也是我自己在寫小說時自勉要走的步伐，期間往往有非下筆不休的時段。也有揪心難以再續的光景。為此，此書萌芽和孕育的年月不算在內，加上動筆時需要到本地大學圖書館翻撿一些法律條例和資料，我寫得特慢，歷時三年，可以說字字瀝心，句句

扣神。

以前，我在胡菊人和戴天兄們編刊的《盤古》發表了一個題名〈膿〉（見《香港小說選》，盧瑋鑾、黃繼持等編）的短篇，借一位代課老師的經歷，諷刺當年香港的小學制度存在的弊端，那時，我是個香港官立小學的老師。如今，這本《儒林鹿渡》，諷擊的是美國現代高等學府的校園政治，特攻某些教授級的老師在校園運作的行為和心態。

在〈一條在江心補漏的船〉這篇裏，主要是寫一位越裔美籍女教授祝芷雲，自從她在宜州大學當上了助理教授後，環繞在她身旁的正反人物，莫名地引出離奇曲折的事端，是職外人難以想像到的，她跟系裏對她施邪穢手段的莠者，差不多是孤身面對，獨鬥了十幾年，極力去討回公道，值得我們去學習。

〈鹿渡〉裏的主角人物，是一位在宜州大學東方語文系任教的美籍華人應儒河教授，自他入職到獲得終身教職後在職途上微妙的演繹，他所看到校園政治場上正反人物詭譎的心計，雖然達不到「苛政猛於虎」的地步，也可見到職場上無血的生殺，會使個中人後半生無所適從。幸而，人世間還是光明與黑暗並存，篇中寫的羅副校長，就是我心目中嚮往的衷誠服務教育界的楷模，寫他的正義品格時，我想著我們的文天祥；寫他的他公正嚴明時，我想著我們的包龍圖。

〈一顆剝了皮的石榴〉寫的是宜州大學文學院裏藝術系的

一件腐敗的事情。這一篇，敘述時用近乎報告文學般的手法，是我從前沒嘗試過的。本來想用的題目，是西方諺語「打開一罐蛀蟲」；想了很久，還是不能用，因為這是一句令人，最少令我，一想就會渾身起了雞皮疙瘩，異常醜劣的形象的話；宜州大學毛病雖多，用此喻之，仍嫌有誇大其詞的任性吧；也許，不是每個人都意悟其中放射性的衝擊，所以，就改了題目，起碼，剝開了皮的石榴，不是人人都認為「一身都是瘡」的，我願意讓讀者有見仁見智的空間。

　　這本小書得以完成，以致行將出版，我不由衷心感謝我的兩位師弟——維樑和子程，他們多年來一直未停筆耕；我的文友小思和偉唐，從不捨棄對文學創作的努力和關注；這都使我持續著勇氣，把多年來藏在心裏的書稿付諸秉墨。

　　我特感激初文出版社的社長黎漢傑仁弟的賞識，爽直地負起出版的責任；我更為我們都是文學的有緣人而異常欣喜。

陳炳藻

二〇二三年十二月三十一號除夕爆竹聲中

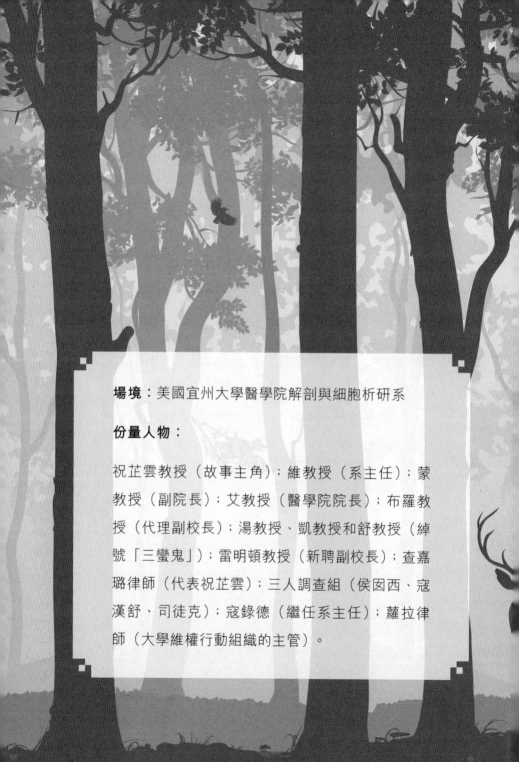

場境：美國宜州大學醫學院解剖與細胞析研系

份量人物：

祝芷雲教授（故事主角）；維教授（系主任）；蒙教授（副院長）；艾教授（醫學院院長）；布羅教授（代理副校長）；湯教授、凱教授和舒教授（綽號「三蠻鬼」）；雷明頓教授（新聘副校長）；查嘉璐律師（代表祝芷雲）；三人調查組（侯囡西、寇漢舒、司徒克）；寇錄德（繼任系主任）；蘿拉律師（大學維權行動組織的主管）。

一條在江心補漏的船

開端

環著夢湖漫步，太陽雖然仍在西山踟躕，傍晚還是免不了有輕輕的透人的涼意，腳步踏著的是楓葉荻花的季節了。

祝芷雲看著湖面上緩緩地滑游的鸕鷀，自己帶著落寞的心情，卻覺得總算把這十三年來壓在五臟六腑的怨忿和不平疏鬆了一半；向聯邦法院提出的訴訟，經過十幾天的聆訊，今天告了一段落。代表大律師安慰她說，勝算把握很高，在等候裁決的這小段日子，盡量別再去想這件事，讓自己好好地休息過來吧。

能不想嗎？

二十四歲那年，她在享有「南方哈佛」稱譽的一所私立大學獲得了醫學學位。她的博導維教授，是一位來自英國，享譽國際的解剖學專家，教授夫婦倆都在大學的醫學院工作，男的是微創解剖與細胞分析系的系主任，從事專業研究，只帶一個研究生。教授太太是兒科專家，除了教一門課以外，就在醫院的兒科部門主診和擔任外科主刀。

祝芷雲讀研究院的四年中，一直跟著維教授專研微創解剖範疇內好幾個專題，並且集中於電動顯微鏡技術功能性的運作；也常常兩個人聯名在有國際地位的醫學專刊上發表研究成果的文章。當然，研究論文的排名次序，在美國學術界已經有

不言而喻的規矩：除非研究者特別聲明，否則，資深的作者是排名在先的。

維教授在祝芷雲通過醫學學位那個學年的三月底，收到一家聞名學術界的獵頭公司的電話，徵詢他會否考慮去美國中西部一所頗有名氣的宜州大學醫學院的解剖和細胞析研系擔當系主任的職務；該大學在全國五百多所有研究院的大學裏排名第二十六，醫學院有六百個教授左右，有幾個專科部門，被列在全國首五名之內，總的來說，算是學術上評價頗高的高等教育學府。獵頭公司的聯絡人向維教授提供了一系列的與職位相連的配套待遇，比他現任的優厚得多，並且有空間讓他個人特別提出所需的條件。

維教授在參加過許多的專科研討會上，曾經認識了幾位在宜州大學醫學院的教授，想要向他們打聽一下有關職位的情況，這念頭只是一閃而過；平日既然沒有來往，突然就問起此事，得到的答案，一般都是支支吾吾地，幫不了作出決定的。在高等學府職場上的事，不少在職的被詢問到學府的情況，特別是針對有關某專業的消息，那些羨慕你被邀請應聘的，只會順著你的言語之間的意會，恭維又恭賀地盡是客套話；自己對該職位早就覬覦了卻忌妒你給看上了的，就會故作謙虛地告訴你，站在職業的操守上，他們不能對職位的應聘者透露任何消息。

其實，在一個提倡言論有自由權的國度裏，只要不抵觸

到法定的範圍內，校方大體上不敢隨意明文立下職求的規則，法律一般也不會插手干涉校方有自主權處理的事。然而，在這些高等學府裏面，難以想像的事情是有可能發生的，比方說，一對教授夫婦為了同時爭取同一個校外研究金而鬧至婚姻破裂的，並不罕見；人性的弱點，不一定是可笑的吧。

維教授同時也想到，放著好幾個在該校解剖系裏的大教授，而不從內部提升為系主任，其中蹊蹺，耐人尋味，可以推想，校方肯定做過不少的事前籌劃後才往外求的。

考慮了兩個禮拜，維教授告訴獵頭公司的聯絡人，他初步願意深作考慮，沒到時機比較成熟的時候，懇請宜州校方把他的名字保密；其次，希望宜州大學目前代理系主任的醫學院三位副院長之一的蒙教授能直接跟他聯絡，約好在一個不太接近雙方校園的地點，雙方作個面談，彼此深入瞭解與職位有關的事宜。

蒙教授得到上司醫學院院長艾教授同意了，便計劃安排了進行有關面談一切的事宜。

蒙副院長在芝城機場的馬瑞峩特酒店訂了套房，下午一點鐘就在房間內會面，酒店也是維教授駐腳休息的地方。副院長訂了咖啡、一瓶紅酒、幾種下酒的小點和一個新鮮雜果盤，讓酒店十二點三十分送到房間。

每年的三、四月間，是大學裏行政管理部門大忙的時候，來年各學院各部門的經費分配、包括教職員的升遷與去留

的人事問題、計算多少外聘的位置等等，都在同一交錯時間內決定。教授級的，固然有大教授、副教授退休或離職他往的；初入門的助理教授，往往居危思安的多，因為受聘的首六年內，他們除了教學表現要好之外，專業學術研究成果其實是最重要的，如果沒在有了奠定地位的學術刊物上發表過相當數量的專業論文，那麼，在職的第六年，差不多肯定會接到了校方的通知，在第七學年完結後便得離開，所以各院長們對外聘多少個相應的教授級人數，心中是有數的。

就這樣，八○年初，維教授接受了宜州大學聘任他的優厚條件，自己帶了他的研究計劃和一筆可觀的研究金，並提出他的太太必得獲得在宜州大學醫學院兒科當正教授，他自己帶上一位本科的正教授、和祝芷雲該被同時聘為助理教授等等的要求，雙方議定細節後，八月底，他正式擔任了宜州大學解剖及細胞析研系的系主任。

移舟泊霧渚

「是個四分五裂的系，」維教授三個月後，飯前在書房裏，稍為皺著眉輕嘆地告訴太太。

「真的如此糟嗎？説來聽聽。」她放下正在要批閱的一篇

學生論文，帶著同情的語氣問道。

夫婦倆是大學唸醫學院時期的密友，就業以來，多半的時間都在從事專業研究，認為凡是有假設，必要用研究分析去推論和證實；他們已經再不說「早知如此，不如……」這樣的話了。親友們都知道他們處事態度嚴肅，「謠言止於智者」是他們的心態和操守。實際上他們並非不苟言笑，家裏兩口子談話時就隨和得多，只是對外說話，就要迅速反應地看是對誰說話，說的是什麼內容，說話的地點在哪兒，說話時的情境怎樣，為什麼要說如此的話等；對他們倆來說，這是慎言謹行，絕對跟「逢人只說三分話」的態度不一樣，後者是顧慮太多，活得神經兮兮地，卻自己並沒做過虧心事，如此活著未免太疲倦了。

「那原來的五個大教授自成一黨，九個副教授看似又分成兩隊，其中一隊大概對提升正教授看得很淡，剩下的幾個仍在鑽研；助理教授像是無所適從，要是順了一黨的情，又怕失去了另一派的意，變得戰戰兢兢，教書研究之外，都關上辦事處的門，能躲就躲，實在太不正常了。」他平平淡淡地說完後，輕輕地搖搖頭，舒了一口氣，好像藏在心裏的鬱悶，有了機會透出來的樣子。

學府裏面同一個系或不同系之間的派系鬥爭，連那些在研究院唸專業的學生，往往也會意識到這種層出不窮的現象。想不到啊，原來專業以外還有這樣的人生教育。愈大的系，就

更波譎雲詭，勾心鬥角往往是長潛而倏現的，就連像東亞語文系那樣小小的系，麻雀雖小，卻五臟俱全，確實有令人防不勝防的奸佞小人作祟，為了微不足道的名和利，即如每學年的薪水調整、授課時間編在哪天哪時，不願教選課學生過多的課等等，每年都有糾紛；到了教職員申請提升的前後，更易見到人事圈子裏頭對上級阿諛奉承的嘴臉，其中翻雲覆浪，髒醜與陰險處，難以想像會在高等學府裏出現，其狠處與市場菜販子折枝扔葉的手段，異曲同工。

「那麼，芷雲夾在其中，會不會窘著了？」她關心地問。

芷雲是他們兩個最疼愛的學生，這幾年，他們的兒子已經獨立，是軍人醫院癌症科的主任，她們把芷雲看作女兒一般，常常來往，差不多是他倆日常生活的一分子。

芷雲六歲那年和一歲的妹妹跟著父母以越南難民的身份來到美國。原籍中國的父親在越南還是個教東亞歷史的大學教授呢，來了美國以後，由於言語不通，只好在紐約華埠一家比較大的雜貨鋪幹著貨物分類的工作，晚上就去學英語；母親本來是個中學老師，幸而會用縫紉機，就在華埠一家製衣廠縫衣。兩口子辛辛苦苦地把兩個女兒拉扯大了。孩子都拿到獎助學金，聰明勤學，順利地把大學唸完，如今，芷雲都已經當上助理教授了。

維教授說：「芷雲倒沒提過什麼。她好像跟系裏的人相處得還可以。這孩子比較沉靜，除了教書，就是做研究，也常到

我的辦事處來討論我們正在合寫的論文。她曾經告訴過我，想建議她的妹妹申請到系裏的研究院進修。」

「那就好。她是個不大愛社交活動的，如果她的妹妹詩韻能來讀書，又可以給她做個伴兒，真是最好不過了。」太太有點兒興奮地說，「至於系裏的情況，有機會跟蒙副院長聊過嗎？」

「這樣的事情，是我自己的觀察，目前還不至於要給他報告的時候。行政上的運作，我覺得系主任可是要用自主權去解決的吧。你說呢？而且，二十六個人的系，在這有六百個教授的醫學院裏，畢竟是個小系。且再多給些日子看看吧。」

這時他們家寵養的那條純白的西施小狗跑到太太的身邊，用牠的小手輕輕地扒著她的腳背；這條善解人意的小犬，身上不知道在什麼部位，像是與生俱來地有個無聲的鬧鐘，每每到了一天兩頓牠喫飯的時間，如果主人還沒給牠弄好，牠就會跑過來找太太。為了牠，太太寧願把待看的論文、文件等等帶回家處理，盡量按時下班，給牠準備晚飯。看著感恩的小犬的喜悅，有時候就覺得有很多人愛把事情複雜化、政治化，就如自己往眼睛撒一把灰塵，真是何必。

他們夫婦的社交應酬，也只限於和醫學院新認識的幾對夫婦來往，如果有飯局，芷雲就先會過來給小狗準備晚飯，自己帶上一本昆德拉的創作，一邊閱讀，一邊陪牠。

到任四年以來，祝芷雲已經完成了一本書的初稿，並且

在有地位的醫學專業刊物上，發表了十二篇研究論文，其中有三篇是和維教授聯名的，一篇是和艾州大學醫學院一名副教授合作的，她也參加過七次專業學術研討會宣讀論文，自己知道她在學術上的表現，比本系的助理教授要多上不止一倍；漸漸地，她為自己闖出了一定的知名度，有兩所醫院的外科邀請她作為院外的解剖顧問；在教書方面，她一年教三門課，每學期末的教學評估，都是系裏的秘書親自到課堂上把教學評估表直接讓學生填寫好了，收集後帶回辦事處，算出正面評價的百分率和總括了負面批評的原因，連同表格，呈給系主任閱讀；芷雲得到百分之九十三以上的正面評價。

這樣，芷雲覺得申請提升為副教授的時機已經成熟了，找了個機會，和維教授討論這件事。

維教授很認同芷雲在專業和教學方面的表現，只說：

「提升副教授的細節和程序，你都知道了多少？」

「看過了一些有關文件，我覺得自己會及格的。」

「那就好。站在系主任的立場上，我有責任告訴你，簡單地說，提升副教授，需要通過本系一個六人委員會，其中包括三位大教授和三位副教授，我是委員會的主席，不在這六人之內，要是贊成和反對票數相等，我就可以投一票作出決定。此外，還要兩位校外評審教授。系裏的評委，可以由我提名邀請，校外的，你可以提名一位。」說完了這段比較官式的話，他微笑地問：「你有什麼要問的嗎？」

「除了把我那些已經出版了的論文、初稿完成了的書，和把參加過專業研討會上宣讀過的論文稿歸納上呈，我知道還要寫一篇自我表達個人的檢評，陳述為什麼要提升的理由，和我最新的履歷，一併交給秘書，對嗎？」

「是的。再去毛秘書那兒拿一張清單，把比較瑣碎的項目，都辦齊了，在今年申請提升的截止日期前交給她就是了。」

「那麼，系裏擔任評審委員會的教授，我是否也能提意見呢？」

「我們系並沒有這樣的先例。除非我選中的委員裏頭，其中有人跟你一向有個人衝突，你就可以提出反對的意見。你有這樣的情況嗎？」系主任說。

他其實早就知道系裏已經有一些不屑的流言蜚語，絕對是人身攻擊一類的，不但對芷雲不利，而且牽涉到他本人。對芷雲，他們既有師生之誼，又有近乎父女的關懷，現今更是同事；他的專業和人生的經歷都比芷雲豐富得多，眼看芷雲自從來了宜州本系任職後，由於自己對她的研究和學術的成就都熟識，相處得比系裏別的同事自然也近了些。就因為這樣，不知是否每個行職業上都可能潛藏著一般性的忌妒，流言就從系裏兩個大教授那兒苗發，起先是說芷雲在系會上的提議，特別容易得到系主任採納，系主任也特別容易贊同芷雲提出的見解等等，認為凡是與芷雲有關的，在維教授心目中，都比其他同事

的有份量。

「那倒沒有。」芷雲微笑地回答：「我跟一般的同事都保持著友誼的聯絡，多半都是君子之交。」她雖然如此説，心裏免不了對所聽到的流言中傷了敬重的老師而愧疚，只是老師至今隻字不提，顯然自有深意，所以她也不敢提。

她的父母親原來在越南過著高等知識分子的生活方式，到了異國，語言成了問題，只能做藍領的工作，但是仍很注重教導孩子對人的禮貌和尊重，讓她們姐妹倆都學會了對行為舉止都有個規範，不亢也不卑；平日用心讀書，雖然生活中沒有溫室，但也能快快樂樂地長大。

「好的。這件事，暫時就這麼定了。毛秘書把你的材料收集好了，她會通知我的。系內委員會的名單定好了，我會讓你知道他們是誰的。之後，還是照你日常的習慣辦事，不必再為這方面特別費神的。」他語重心長地囑咐著。

提升的事，是她在宜州大學第五年的九月開始辦理的，由於是次系裏只有她一個人申請，事情進度比較快，委員以四票贊成、兩票反對，通過了評審，呈交醫學院的艾院長和副校長等審閱同意後，再呈上給校董會通過；到春季學期的三月，系主任寫了一封公函，恭賀祝芷雲獲得晉升為副教授和終身教職，正式生效日期是暑假後秋季九月一號。

未見平風靜浪日

投反對票的是系裏綽號「三蠻鬼」中的兩個：湯教授和凱教授。他們對新上任的系主任一直就抱著冷眼旁觀、愛理不理的態度，開系會的時候，往往也提出了與眾人相反方向的意見，而這些意見，差不多都是因為他們自己並沒閱讀醫學院發出的文件而有了誤解而發生的；學院為了朝大方向發展，對屬下的教授們在教學和研究上提出建議和鼓勵，屢見不鮮。系主任看著他們已經年過六十，最近五年內沒有什麼研究論文著作，也沒在什麼專業學術研討會上宣讀論文，按醫學院的規矩，他們除了一年教兩門課以外，是得每周分出八個小時到診所去看病人的，他們並沒實行這個任務，礙於他們是系裏的老臣子，系主任也只好給他們三分臉，卻想不到給臉不要臉，流言蜚語就是這兩個不成材的「壞蘋果」撒放的。

這次祝芷雲提升的事，系主任選了湯、凱兩位教授當委員，明明知道他們會投反對票，但是其他的四位委員肯定會投贊成票，這是維教授心裏有數的；這樣的安排，表面是給了老湯和老凱面子，實際上是藉著這個機會，用其他四位委員的贊成票煞煞他們的專橫與無知，而最後的結果，祝芷雲雖然沒得到全票贊成，但從處於助理教授的層次算來，五年就得到了晉級為副教授，一點都不含糊。

國府政壇風雲詭變，上下議院的議員競選，花錢數百萬，積纍歷時數年的心計，互相詆毀，盡揭對方的私隱，勾心鬥角，層出不窮，說是為人民服務，多半只為自己進入政途鋪路；勝者洋洋自得，敗者只好頓首捶胸，憤憤地尋求報復行動的，大有其人；換個較小的畫面，在高等學府裏，即使儒林中人，難免有不少的宵小行動；說穿了，即使衣冠楚楚，也不過是以兩條腿站著說話的，都是人罷了。

　　秋季開學後不久，主修解剖學博士學位的祝詩韻，晚上離開實驗室的時候，在走廊的佈告板上，看到了一張小漫畫，畫的是一個女的和一個留著小八字鬍子的高大男人互相在親嘴。詩韻看到女的有點像是她姐姐，短頭髮，戴著比較大的眼鏡；男的就像系主任，她倏然一驚，連忙把漫畫撕下；想著姐姐可能還在她個人的實驗室做研究，便趕忙到芷雲那兒去。芷雲一看，氣的紅暈了臉，眼睛含淚，就要把漫畫撕掉。

　　「姐姐，千萬別，這樣的東西，惡作劇一開了頭，恐怕還會陸續有來，」詩韻平日與同學隨便相聚的時間比較多，覺得這恐怕是年輕人輕佻的玩意，說：「留著，如果再有，沉住氣，一並都留起來，可能日後做個自保的用處。」

　　「這麼說，難道你還看到有別的？」

　　「不知道，我剛經過佈告板那兒看到的。你坐著，我再到幾個走廊看看去。」

　　果然，詩韻在走廊曲尺轉彎處，是系裏最老的哈教授實

驗室的外牆，在他個人用的小佈告板上，看到了另外一張相似的漫畫，女的仍是那位戴著大眼鏡短頭髮的，男的看著也同是一個人，只是這張漫畫裏，那個兩人的動作可不一樣，高大的他，把比較矮小的女人，整個人抱起來，女的兩腳離地向後勾起，兩人在親嘴。

　　詩韻又氣惱又為姐姐難過，想著不能把這一張漫畫交給她，因為芷雲一向就對自己個子比較矮小過於敏感，連平日走路，也不想走在個子比她高的女人身邊；這張漫畫當然故意把女的矮度誇大了，羞辱性因此又強烈了些，令系裏的學生和教授，一看就能肯定畫中人是誰，真損。她恐怕姐姐看了之後受不了。加上系主任維教授一向就把芷雲看作女兒一樣，漫畫把他的名譽和地位都踐踏無遺了。

　　不出詩韻所料，侮辱性的漫畫，差不多兩三個月就會出現一次，男女人物與已有的漫畫相像，衣著稍有不同，事情鬧到系裏人盡皆知，系主任一直都沒作出任何反應，鎮靜地客觀其變，芷雲感到極度尷尬，一段父女般的師生感情，想不到竟然會讓人如此糟蹋，她連要到系主任辦公室討論研究計劃都踟躕起來；特別是上課時面對著有些學生故作不知道的表情，心裏雖然感激，卻無補心頭的創傷，可日子還得如常地過。

　　直到有一天，詩韻那位同在系裏唸博士的男朋友安迪，改了平日跟詩韻吃中飯的地方，他們到了一家叫芝加哥老店的小飯館兒，因為離開大學中遠了點兒，顧客一般都是在大學

工作的，差不多沒有學生，並且沒有吵人的音樂。喫過正餐後，安迪從口袋裏拿出兩張紙條交到詩韻手中，說：

「你先別生氣。也不知道有多少人看過。」

詩韻一看，兩張紙條上都寫著同樣的一首打油詩，內容用淫穢的字眼，描繪男女間的事；詩的最後，畫上一個有鬍子的嘴巴，旁邊是一副大眼鏡，這次並沒有畫上人像。

「這是從哪兒來的？」詩韻壓住一腔羞惱，看著安迪，心裏還是感謝安迪並沒把這些在飯前給她看。

「今天早上到系裏來的時候，在男洗手間看到的。另一張是博弘在三樓化學系的男洗手間撕下來的。」博弘是在化學系的博士生，是安迪的好朋友。

「真是有書不好好地讀，有事不好好地幹，喫飽了，撐著，盡幹些下三濫的事。我姐姐安安份份地教書和做研究，得罪誰了？」

「漫畫和紙條裏從來沒有說名道姓，你怎麼證明說的是你姐姐呢？」安迪也替她不平，其實誰看到了漫畫和打油詩，其中影射了誰，系裏的人一目瞭然。

「不過，這些小紙，我們往往都是在早上發現的，那就是說，可能有人在晚上人靜之後才貼上。至今為止，女洗手間裏沒發現到有這樣的情況，我覺得貼紙條和漫畫的人，除非故意混肴觀感，否則一定是個男的。你覺得對嗎？」安迪續著說。

「我跟姐姐也懷疑到這一點，只是夜深了我們都不敢呆在

系裏，或是特別走來查看一下。這兩張打油詩，還是第一次看到，真不知道怎麼辦！這種事，報警也沒用，是吧？」

「是的。校方的事，應當先由校內或大學行政部門處理。你跟祝教授商量過沒有？」

「有的。姐姐已經快要受不了了。今天我會到她家談談，看她怎麼決定。」

芷雲在獲得宜州大學聘任為助理教授之後，便向銀行貸款，就在醫學院不遠處買了一所小平房，三房兩廁，連著有兩個車位的停車房，足夠一個人的居停之外，父母如果過來渡假，更可以團聚。可惜房子外圍，沒有欄杆，不能帶維教授的小狗來在院子玩。房子正面朝街的方向，是一環半圓形很寬大的窗戶，給人一種開朗的感覺，窗檯還可以放一兩盆蘭花什麼的。天氣好的時候，穿上運動鞋，從家裏走路上班，不過就二十五分鐘。

芷雲讀了妹妹給她那兩張淫褻的打油詩，直哭了出來，連晚飯也沒心情去做了。姐妹倆除了乾焦急，也想不出怎麼應對的辦法，因為沒法知道寫這侮辱詩的人是誰，也無從得悉誰畫了那些不屑的漫畫。

日暮倦愁心

日子還得過，教書、研究、服務，芷雲力勉自己堅持專業操守。又三年過去了，影射的漫畫仍然出現，打油詩也不定期地張貼。詩韻和安迪的手頭上都已經收集了三十幾張了，卻未見會停止的趨勢；而流言，就更猖獗了。

有一次，安迪在毛秘書的辦公室，聽到湯教授問一個助理教授曾否看到祝芷雲和維教授一同離開一家小旅館；另一次，也是湯教授問一個研究生，在到系裏的路程上，是否看到過維教授的車子停在芷雲的房子外面。更有一次，湯教授和史教授在毛秘書的辦公室裏聊著，看到芷雲正要走過來，史教授馬上壓住聲音說：「打住，我們系的『砌肉婦』來了。」言下是指解剖系裏「主宰切割的女人」之意，其實，祝芷雲並不是解剖專業的教授。毛秘書看不過眼，後來帶著抱不平的語氣，告訴了系主任，說系裏又不止芷雲一個女教授，如此說是明擺著去侮辱她。

毛秘書的辦公室，很多時候便是這些流言滑過的地點。每一次，她都故作忙於處理文件或是埋頭打字，人走後，她就把聽到的立了案，日期、地點、人物，一滴不漏。也許，撒放蜚語的人，是故意讓她聽到，然後轉告給系主任的，其明目張膽的地步，簡直是肆無忌憚了。

一天，芷雲和一個研究生安妮喫過中飯，在回辦公室的走廊時，突然聽到一聲大呼，一個男聲在高聲喊著「蕩婦」、「天咒的婊子」、「狗娘」，猥語從系裏「三蠻鬼」中之一的「醉鬼」凱教授辦公室傳出來，芷雲加速幾步趕快走過，被安妮拉住了，跟著她倆後面的兩個男生也聽到了，忙問：

「發生什麼事了？」說著，兩人靠門一看，那辦公室裏只有全樓皆知的「醉鬼」一個人在內。

安妮悻悻地對芷雲說：「你還要忍下去嗎？他不單歧視和侮辱女性，還故意中傷像你這樣的少數民族。」

安妮在大學生化系畢業後，當過幾年的中學老師，她對學校裏頭一般的人事複雜性多少經歷了些。儲了些錢以後，加上得到助學金，給芷雲當助理研究員，便在研究院深造，從碩士唸到了眼前第一學期的博士班。

「這樣吧，安妮，今天的事，你願意做我的見證人嗎？」芷雲盡量保持冷靜地說。

「當然願意，現在咱們就到系主任那兒去。趁著這醉鬼尚在處於酒高鬧事的狀態下，告他一個無所遁形。」

「不。我不敢麻煩系主任，也不好意思牽涉到他。」芷雲漲紅著臉說：「你有幾分鐘的時間到我實驗室來一下嗎？」

她們商量了一下，芷雲告訴安妮，她其實已經打算把這件事的始末寫一封信，內容主要是提出，在系裏有比她位高的教授，對她不斷地性騷擾，並且極力低貶她學術上的建樹和個

人的名譽，以及給她個人建構了一個很不合理和不健康的工作環境。信寫完後，要親手送到醫學院院長艾教授那兒去，信末請安妮簽名作為見證信中所說的都是事實。信中還提及自己手中保存了收集回來的證據，隨時可以送呈院長審閱。

安妮馬上就承諾了。

艾院長看過了芷雲的投訴信，勃然大怒，這樣胡鬧的事情，居然在高等學府的醫學院教授階層發生，覺得可恥，連忙約見了負責督導學術建構與課程發展的代理副校長布蘿教授。兩人決定這件事必須向解剖學系的系主任先做個瞭解，然後再從長計議。

在醫院大樓艾院長的辦公室裏，維教授說：「這件事，在祝醫生獲得提升為副教授前就已經開始了，我早就從我們系毛秘書那兒得到了不少的消息。」他知道這宗胡鬧的事的開始日期；在芷雲申請提升之前，他已經看到了漫畫，也聽到了一些也許連芷雲還沒聽過的流言。

「那你為什麼沒有進行調查或者跟當事人談談呢？」艾院長問。

「第一，這是件人與人之間是是非非的問題，與學術無關，我一向相信謠言止於智者，只是人多了，難免龍蛇混集，其中自然有幾個『壞蘋果』這類的。不過，每一次有這種誣辱的言語或是誹謗的紙條傳出的時候，包括日期，散放流言蜚語的人，有證有據的，我和秘書都在系裏立了案，這事只有我和

秘書知道。第二，被中傷的人，我是其中的一個，我不想發起調查，是礙於避嫌有主觀干涉的問題；至於另外的一個受害人，我知道是誰，但是由於她從來都沒有向我投訴過，所以我仍然靜觀其變，這是我個人處事的法子，沒到必要的時候，我是不會到你這兒來的。」

「我手頭上已經收到當事人的投訴信了，你覺得我應當怎樣處理呢？」艾院長問。

「既然有了正式的投訴，我覺得校方是要開始正視這件事的始作俑者違反了哪幾條作為大學雇員當遵守的法規的，比方說，蓄意給某個同事營造一個極其不愉快或是不健康的工作環境，就是個很恰當的視察點。至於進行調查的過程或次序，就不是我說話的範圍了。我這樣說，並沒把我自己當作投訴人的角度來發言，因為直到目前，我尚未提出投訴，這，我想你是明白的。」

「是的。如果我請你針對這件事提出一部分或全部的證據，你會答允嗎？」

「那當然。那是義不容辭的事。說實在的，為了我系這不像話的事，麻煩了你，我還是覺得慚愧的。」

他們握手話別後的第三天，艾院長又到了布蘿代理副校長的辦事處，對祝芷雲的投訴事件做了進一步的討論。布蘿代理副校長本來是商業行政管理系的系主任，是臨時調用過來做代理副校長的，誰料到一代理就做了兩年；自然，開始的時

候，總覺得有一種榮耀感，煩事多了，便覺得吃不消了，幸而情況快好了，因為暑假來臨時，大學已經聘任了諾特典大學的雷明頓教授過來正式擔當這個職位。

她抱著還只有兩個月在位的心態，覺得多一事不如少一事，只要能把時間打發過去就是。再說，著手開始辦一件一時解決不了的難題，留下給接任的新官接著去處理，日後給埋怨的機會多的是，於是就抱著「吹皺一池春水，干卿底事」的宗旨，去看祝芷雲的投訴！

其時，大學正陷於為另外幾件投訴和法律訴訟的官司那樣既煩又繁的處境：戲劇系的兩個女教授已經讓律師給校方遞了最後通牒，下一步就會上稟聯邦法庭了，校方的律師跟控方的律師正在討論庭外和解的細節；牙醫學院的牙齒衛生部門已經在法庭聆訊的階段中，由於那是個全女性的系，訴訟牽連到大學歧視女雇員的問題，從國法的角度來看，這也是異常嚴重的違法事件，看來大學的勝算率極低；歷史系一位大教授，被一個年輕的女學生控告在他的辦公室討論學期末考試成績的時候，乘機向她作了淫褻撫摸的動作，被女學生暗中用鋼筆錄音器把對話全錄了；等等；等等……

大學校長駱靈教授召了所有的院長，和校方設有的公平投訴部門的負責人，狠狠地直言申斥了一頓，認為處事態度隨便的大有人在，令校方名譽受損極大，校董會甚為不滿。

表面上，大發雷霆嘛，讓你發，實際上聽不進去的有他

們的自由權。駱靈校長在暑假開始後馬上就會遠赴東部那所「常青藤」之一的學府當校長的事，報上早已登載，這些院長們是學府政壇的老手了，都知道，目前說什麼都不過是一個校方的紀錄而已。秋季以後，新官上任，一朝天子一朝臣，新官說了算。

就這樣，艾院長和布蘿代理副校長兩位都覺得祝芷雲這件事近乎微不足道，可以試試用壓一壓的手段應付，看看會有什麼反應再說。如此決定以後，就讓秘書給芷雲打了個電話，約了會面的時間，在代理副校長的辦事處面談，以示對這件事重視之意。兩人事先說好了，有些話還得請代理副校長先說，因為那些話女性對女性說比較有說服力。

讀書聰明和研究嚴謹的祝芷雲，哪兒懂得學府政治的陰險和虛詐的深淺高低，帶著頗為興奮的心情，手提包裹挽著兩個信封裝滿了儲存的淫穢漫畫、字條和打油詩紙條，一步一步地走向布蘿副校辦事處的大樓。這大樓與會面的場合，會發生什麼事，這時的芷雲，恰比一隻純鹿，快要踱進眼前看來是一片如茵的平原，她帶著八分希望，兩分蒼茫。

安妮曾提醒她，要帶上一部小錄音機，得到對方同意的話，把談話內容都錄下來。安妮還提出要芷雲把那些作為證據的紙條等等的原件留著，做了副本，要呈交的話就交副本。好個安妮，到底在社會上見過一些世面。

除了在大城市長大、吃喝玩樂的嬌子嬌女們以外，一般

的美國人都知道，郊外的鹿兒為了躲開狩獵季節的獵人，跑到樹林深處，卻正好踏進了預先藏在粗大的樹幹或者是叢林後面的殺鹿者的視野圈。那些瞄得準的獵者，一槍就把鹿兒給斃了命；用弓箭狩獵的，射中的鹿兒只好在痛苦中掙扎好一會兒才死去；受傷而不立時死掉的，就會迷失在叢林中讓痛楚折磨，給野狼隨便生吞活剝，最後只剩下一副髑骨。

鹿兒自是無辜的。

只不過荀子的「性惡論」，時至今日，置諸四海，凡是有人的地方，仍是真知灼見。

易反易覆小人現

代理副校長和艾院長堆著滿臉逼作出來的歡笑，讓芷雲坐下，秘書送上一杯咖啡。

艾院長首先向芷雲說：「祝醫生，發生了這樣的事，我代表醫學院向你先道個歉。」

芷雲說：「麻煩你們倆，我覺得不好意思。」

「你如果帶上了那些紙條，我們可以看看嗎？」他倒像是知道芷雲做了那樣的準備似地說。

「好的。這是我帶來的副本，你們倆要看正本作為對照的

話，我也帶來了。」芷雲把兩個信封裝著的紙條副本遞過去，隨著問道：「我是否可以把我們今天的談話用錄音機錄下來？」

代理校長馬上就回應，說：「大概不必要吧。我寧願你筆錄；談話過後，我們會把今天的談話總括起來，簽了名，給你用電郵寄過去的，這樣做也是我們平常的處事法子。」

「請問，你們常常碰到不少像我這樣的投訴嗎？」

「那倒不是。一般的談話，我們都有秘書做筆錄。祝醫生你這件事，算是個人私隱，所以我們今天自己做個筆錄。」艾院長回答道。

「如果我做的筆錄，跟兩位給我寄來的有出入，我應當怎麼處理呢？」芷雲打亮了警覺的意識。

布蘿副校長對芷雲的反詰，似乎有點反感，但還能忍耐地說：「那沒什麼，你可以給我們回應，提出你的意見，我們再商榷。直到雙方滿意為止。」

接著，她滿臉裝上一副理解的笑容，拍拍芷雲的手背；溫和地向芷雲問道：

「這件事，你跟系主任維教授提過嗎？」

「還沒有。」

「為什麼呢？」

「一方面我覺得非常尷尬，維教授是我以前的老師，又是我很尊重的長輩，這種事，我說不出口；二來，系主任研究和工作非常繁忙，連我要去找他商討我們合作的研究，時間都有

個極限，我不敢讓他在這樣的事情上分心和費神。如果事情再繼續鬧下去，我恐怕還是要驚動他的。」

「你能這樣想真是最好不過了。」布蘿副校長像是塗上了一層和藹的面膜似地，說道：「我跟艾院長商量過，都覺得這樣的事情，本來就是沒有什麼好法子處理的，而且不是什麼大不了的事，能小事化無就好。一個單身的女性，在這樣的小城遇上這一類的事，就像處身於一個金魚缸的環境裏面，人人可見。慣了就不覺得有什麼了。」

芷雲一聽，臉上熱起來了，沒想到眼前這一對外表令人尊重的老男女，竟然有如此不負責任的心態，把她要公事公辦的投訴，揩抹得一乾二淨，想滑溜溜地抽身而去。她暗地咬了咬牙，問道：

「副校長，我認為這不是一件小事。受害人有兩個，女的是我，另一位是個男士，他是個已婚人士，難道像你所說的，他跟我不一樣，是因為他是男的，就不會處身在金魚缸的工作環境裏面嗎？我想問一下，如果在你們倆身上發生了同樣的事，你們會怎麼處理呢？」她努力壓住心裏的忿怒，臉皮不動地問。

這回，副校長馬上換了嘴臉和語氣，硬直地說道：「沒有如果。我們今天談的是你的事情，不能假設把這件事發生在我們身上來比，你跟我們是三個不同的個體，不能也不應當混為一談的。」

芷雲本來想說：不知道是不是因為我是個亞裔的婦女，才會陷入金魚缸般的工作環境，與別的單身女性不一樣呢？但是她馬上就把心裏這個想法壓住了，說道：

　　「噢，原來是這樣。請兩位不要誤會了我問題的所指。我是針對事情的看法而不是對人；三個不同的個體，或者是一兩百個不同的個體，同樣的事情發生在他們的身上，在偌大的國家裏，不是不可能的。而且，投訴的方式，和處理衝突的程序與方法也很可能大不相同的。」她停頓了一下，眼睛直視他們兩位，恍惚覺得那個女的臉上稍有不虞之色。便毫不猶豫，繼續說下去：

　　「我相信你們都曾經做過了不少的學術研究；在我自學習階段從事研究受訓開始，以致到了目前獨立地擔當了研究主導的責任，我都覺得研究者在搜集資料的過程中，肯定都經過把相關的資料和事件，盡量收集起來，就是連稍微涉及『假設……』、『如果……』、『倘若……』、『可能……』等等方面的資料都不放過，然後整整有條地排設好，作為比較，這是預先為執筆寫論文前做好了參考和推論的編排；我想兩位大概會認同這是個合理的、合法的、和符合邏輯的過程吧。」她又停了一下，看見他們倆人開始有了認真聽著的臉色，芷雲覺得要說的都說了，見好了就收場，便乾脆地說：　　　　.

　　「你硬要說沒有『如果』的話，我何必多費唇舌，對嗎？請給我兩分鐘時間，讓我把你剛才的話筆錄下來，我再走，好

嗎？」説完，看看腕錶，她迅速地做了筆錄，然後站起來説：「謝謝你們花了寶貴的時間跟我討論。」

算來他們兩位用了還不到二十五分鐘的時間，就認為能把她五年多來的委屈和積怨一掃壓死了。

祝芷雲離開了醫學院大樓，不覺得羞愧，只帶著憤怒、失望、和有點感到無奈了。她拖著緩慢而沉重起來的腳步，決定回家透一透氣再算。事實上，妹妹詩韻曾經問過她，曾否有過打算離開宜州大學到另外的大學去工作。她的確想過，但是如此一走，她的蒙冤與無辜的羞辱，無論她以後走到何處，都會伴著她，纏繞她一生了。她知道此地不宜久留，但肯定只能在她打敗了那幾個無端生事的醫學界敗類之後的才會進行棄暗投明的計劃。她知道，只要堅持到通過了正教授的職級後，她會毫不猶豫地撒手就走。

回到家，她馬上給安妮打了個電話，説不回實驗室了。安妮問：

「談得順利嗎？有什麼建設性的結果嗎？」

「你下班後，如果有時間，到我家來喫晚飯再談，好嗎？」

詩韻也來了。她先給姐姐打了電話，説別做飯了，她會到城裏一家頗為地道的中國飯館兒把外賣帶來，三個人邊喫邊談，商量不出結果來的話，也算是舒一口冤氣。

説了半天，她們都覺得系裏那幾個老男人和他們結了黨

的幾個助理教授，對一個女性同事如此盡情地口頭和書面凌辱，校方竟然想置之不理，是可忍孰不可忍的；既然已經把臉都撕破了，而且理在自己，就不要停止追究。

芷雲決定等到收到代理副校長和艾院長跟她談話的書面總結後，自己做了適當的回應，再進行下一步。安妮和她都知道大學設立的那個「維護個人權利」的部門，平日道聽途說，是個虛有其表的辦事處，但是還是應當去那兒正式遞進了投訴，立了案，讓大學行政部門知道她堅持對個人的尊嚴和應得的健康工作環境討個公道。

芷雲做了這麼多，還是決定暫時沒必要告訴系主任。

兩個星期後，代理副校長和艾院長聯名給了芷雲一封電郵，作為對他們那天三個人的談話做了個總結，讓芷雲看過後簽字接納。芷雲一看，竟然沒有「金魚缸」那一段，和那個老女人跟她說他們是三個不同的個體，所以不能混為一談那幾句話。芷雲馬上回信指出他倆的總結跟自己的筆錄大有出入，提出讓他們修改後，自己才會簽字。如是，又過了三個禮拜，芷雲收到他們的電郵，說她的投訴和不接納總結一事，已經轉交到新上任的那位學術與課程監督的雷副校長辦公室處理，以後請她直接跟該處聯絡云云。對這樣的拉扯推賴的態度，芷雲確實感到他們的可恥，但極力壓住頹唐的意向。

她在校報上看過這位新上任的雷明頓副校長的照片，嘴上長著像一片水牛角型的大鬍子，佔了他臉部差不多四分之

一，鷹嘴鼻樑上掛著那副特大的眼鏡框鑲著半棕色的大鏡片，又佔了其餘的四分之一，配著一頭豐滿和覆額的白髮，驟一看，整個形象太突出了，令人永不能忘。不知道的就是他的辦事能力怎樣，想來應當不錯吧，不然怎麼會給聘用擔任如此高的職位了呢。

聽說，在大學行政高級人員和學生代表組成的聘任委員會上，那位女學生代表感覺到他在談話中有輕視女性的意味，投了反對票。會後，也對學生團體表示了她對此人不滿的意見，並且還刻薄地以嘲諷的語氣說，雷某人應當去紐約州水牛城的州立大學當副校長，倒是個活生生的招牌。學生的話，固然重要，但容易被校方輕視，除非到了學生聯群結眾有規模地示威的地步，意見才能起一點作用。否則，大學行政部門隨便可以虛晃一招就擺過去了。

就在差不多跟芷雲投訴時間相近的時候，系裏一男一女兩個助理教授申請提升副教授，還沒到經過院長和別的系的高級教授評審那個層次，便被系裏否決了。兩位助理教授都向醫學院的艾院長和校方那「不平待遇管理處」的投訴部門同時遞了申訴狀，他們都跟艾院長分別面談過；男的是歐教授，他告訴艾院長，如果不通過他提升副教授的要求的話，他會向校外、包括本地的報章和校報，揭露他知道一位在晚上當班的清潔工人，撞見祝芷雲和維教授在系裏那間小小的黑暗的攝影室發生性行為的事。

艾院長給氣得七竅生煙，不管青紅皂白，痛罵歐教授造謠生非，藉故勒索以求獲得升職，嚴斥他作為一個醫學院的教授，竟是這般見識，認為是人類最低下最可恥的行為。

院長對解剖系的過去情況曾稍有所聞，因為他的副手蒙副院長在維教授之前是兼職的系主任，期間說過這是個很混亂的系，教授分成幾個黨派，過去系裏重要的決策，多半都給稱為「三蠻鬼」的壟斷了，蒙副院長夾在其中，讓「三蠻鬼」和他們的附從者，軟硬兼施，逼得透不過氣來，所以最後才決定了讓獵頭公司向外找一位專業享有盛名的、並且兼具高明行政手段的學者，提供了非常優厚的條件，聘請過來當系主任，認為只有這樣，才能壓住群醜，改良系裏的運作。維教授就是在這樣的情況下給請來的。大學答應了把系裏實驗室超過五年的儀器全換了，給系主任裝上一套最新式先進的微創解剖儀器等等，這樣，好不容易把這位國際馳名的大師請到了。卻沒想到七年以來，這個系絲毫沒有改進。

艾院長眼見祝芷雲這件事情，連系裏其他申請提升的人也竟然造謠，以此向他本人作為要脅，簡直是鬧得無法無天，自己確實不能置身事外了，當下，親自給維教授打了個電話，約他盡快找個時間見面談談。

維教授思前想後，默默地坐在辦公室，回顧七年來，從有「南方哈佛大學」之稱的名校轉到這所宜州大學來，當了系主任，研究成果比以前稍為慢了些，主要是因為花了不少的時

間在行政處理上，有點兒得不償失的感覺，心裏漸萌退位之意。下班回家之後，倒了一杯紅酒，坐在後院的四季屋子，把心事告訴了太太。

其實，這件事，鬧得整個醫學院都知道，壞事傳千里，連別的大學同一專業的人士都有所聽聞，他的太太怎能不知道呢！但是她知道丈夫的個性，他回家不提自然是他自己處事的辦法，所以她也就泰然處之。無論丈夫做出什麼決定，她都會支持的。當然，她也非常擔心芷雲對這件事的承受能力，不過事情實在太嚴重了，她決定不隨便問些無補於事的問題和提出意見。

維教授跟太太商量過後，當晚就在書房草擬了一封辭掉系主任一職的信，語重心長，情懇意切，並自責管理不當，謙言掛一漏萬，造成了亂局，實在無顏繼續負擔這個職位云云。按規矩，目前提出退位，下一個學年就生效，他預備在跟艾院長討論的那一天，把信遞呈。

維主任回到系裏，把毛秘書請到他的辦公室，討論了有關這件髒事的過程與細節，讓她做個詳細的報告，把她手中收集了的漫畫紙條和打油詩等等影印了副本，列出了發現的日期、和揭下來的地點；中傷語言和刻薄的玩笑的內容是什麼、從何人口中發出，參與者是誰，在場聽到的人有誰等等 。另外，毛秘書在辦公室曾經把私用的小型錄音機錄下了不少談話內容，這一點，她事先並沒徵詢系主任的同意。但由於不恥那

幾個人的口沒遮攔，侮辱女性，她自己作主私下錄了音；至於日期、地點和時間，能有的都按點記下，一併呈給系主任。毛秘書這份報告，長達十餘頁公文信紙，維教授看過後，覺得條理分明，根本不用修改。

維系主任就在醫學大樓艾院長的辦公室面談。

艾院長問道：「事情的大略，我從祝醫生的會談中知道了，今天，我們是否可以平靜地分析一下為什麼會有這樣的事情發生吧。」

他這次也沒引用「金魚缸」這個比喻。

「好的，」維主任說：「我個人認為，這幾個人的目的是要扳倒我。我一上任就有了那種感覺，祝芷雲教授無辜地被利用為墊腳石，原因只在於我對她很賞識。後來我跟老資歷的白教授與何教授理解過，搞亂的三位跟另外幾位正教授合不來的原因，主要是他們三位原來帶的研究生往往都是一年以後就要求系主任讓他們另選教授當博導。據說因此這幾個鬧事的跟以前的系主任海教授，和其後的兼任系主任蒙副院長，都有了偏見，而且更是糾纏不清地一直要得到有利於他們的要求和條件，海教授不勝其擾，就不幹行政的職位了。我來了以後，當然遇到同樣的要求和威脅，只是我並不虛以委蛇，客氣地拒絕任何對系裏沒貢獻而只是於個人有利的要求。加上祝芷雲是我以前的學生，又是我帶過來的助理教授，她的研究論文有見地，教書認真，兼且還有系外的服務表現，我喜歡有這樣態度

和表現的同事，所以我們走得比較近，這樣的工作關係，他們竟能毫無顧忌地、目中無人地把它醜陋化、污穢化和政治化，是簡直不像話的，如此行為的人，竟然當起醫學教授，可見我們的職業和服務教育，漏洞存在太多了。除此以外，我們系在課程編排、對同事向校外研究基金申請的推薦、校內教授工作五年後帶薪半年的休假申請等等，後者往往都公平地讓系裏成立了的委員會看過申請人數多少，和進行研究計劃的可行性而決定的，特別是帶薪的半年休假，如果申請的人數過多以致影響了教學的編排，也有人會被推薦壓後一個學期的。但是那幾位鬧事的，一來已經沒有研究，沒帶研究生，仍然硬性地要求優先給他們帶薪假期和減少教學的時間，這種要求，我是堅持拒絕的。我想，也許這些都造成他們對我的不滿，生出怨忿。我自己覺得無愧於心，不能讓他們認為我是個軟柿子，隨他們任意來捏。可他們還要試試，一捏之下，發覺捏著了刺蝟，自然難過得很。」

一口氣心平氣和地把他的分析講完了，便看著艾院長的神情。

「說得好！」艾院長啜了一口咖啡，半笑半嘲地看著維教授，問道：「你這個刺蝟，又如何去收拾這擋爛攤子呢？」

維教授打開公事包，拿出毛秘書給他打好的文件，推到艾院長的面前，說道：

「這件醜事，鬧得全醫學院和外面同一專業的人士都知道

了，我非常慚愧。這是你我第二次見面了，今天，就算是我以系主任的身份，向你正式提出投訴。這份文件，上面記述了這件事的詳細情況，我簽了字，表示認同所說的一切。至於如何處理，要我一個人單刀匹馬去擺平它，只能做到了系主任權力的極限，就會碰到你們這幾位上司的職權範圍，所以你我非合作不可，否則也無所作為。」

「怎麼個合作法，說來聽聽。為了大學的規律和名聲，我們一定配合的。」

「好。我看這樣吧。第一，我會按著系裏立了案的，在那三個始作俑者名下列出他們個人所做的劣事，分別向他們個別發出一封警告信，告訴他們我手頭上有證據證明他們的胡作非為，讓他們立即停止這種無的放矢的中傷和穢瑣的流言，讓他們看了信以後，如果有意見或者異議，可以跟我的秘書訂好時間和我商討；第二，如果收到信後，仍然再繼續下去，我個人將會提出和施行初步的制裁和處分，遞呈校方管理階層的上司，這處分的文件，我會先跟你商量好怎麼制裁，再發出去；以後凡是跟此事有關的通告，我會同樣地處理，讓你知道最新的發展。你看如何？」

「當然好。只是你能否現在談一下，你所要提出的制裁大約是怎樣的？」

「我想過了，警告信大概對這幾條老頑蟲起不到什麼作用。」維系主任這時語言有點不客氣了，幸好馬上勒住，繼續

平靜地說：「他們三個在這件事的胡鬧心態是一致的，程度稍有不同；醉酒鬧事的老凱，多半仗著多喝了幾口才出言不遜；首惡應當是湯教授，我目前還沒辦法查出那些漫畫和打油詩是誰人幹的，但是流言蜚語，出自老湯是無可質疑的，他的附從就是舒教授，此人若沒有老湯給他撐腰，應當比較容易對付。我會提出讓老湯停止領取暑假或三個月的薪水，老舒少領兩個月薪水；老凱除了少領一個月薪水以外，一定得規定他參加定期戒酒工作班，去完成整個療程。如果他們的薪水不是分十二個月領的，就按十二個月把年薪平均，各按處分的月數停發薪水。這下，可能就會生效。他們對本系和大學的名聲造成了非常不良的印象，甚至損害；對祝醫生和我的名譽和人身攻擊的創傷程度極深。相對來講，我認為這樣的處分實在輕得很。」

「既然這是你的投訴和要求，我會一字不改地交呈到雷副校長手上，並且與他面談。你放心好了，我會再跟你聯絡的。」

維教授慢慢地再從公事包拿出一封信，推到院長的面前，說：「今天既然來了，我就直接請求你核准我要申請辭掉系主任這個職位的事，這就是我的退職要求信。」

院長駭然，問：「你為什麼要這樣做？我又沒有怪責你，我們都沒有。」

「真對不起，我在信裏都把理由寫清楚了。過了這個學年，我就已經做了八年的行政了，我是個愛研究的人，不想拖

慢了這方面的進展；實在的，我覺得下個學年應當讓別人來擔任這個職位了。現在學期剛開始，一年的時間，院方是有足夠的時機物色高明的。」

「我真的不可能挽留你繼續下去嗎？失去了你這位權威學者做系主任，我上哪兒去找到理想的人選呢？！」

話雖如此說了，其實，院長心裏也不一定執意挽留他，解剖系的人事混亂和流言實在太荒謬了，維教授上任七年以來，情況竟然是每況愈下，也許，真的是該換個人上場的時候了。他曾經私下跟該系的幾位教授閒聚時，瞭解了一下系裏對維教授的看法，他得到的消息，有說維教授處事多半獨斷獨行，近乎一個獨裁者，他要做的，言下之意，系裏教授順他意的，一切均好；不順的，將會覺得很受束縛，過得不痛快，絕不會得到什麼好處。據說，系裏的教授，一般都覺得惶恐和困惑，不知將有什麼事情會發生在自己身上云云。

當然，對於這些意見，院長是以疑信參半的態度看待的，因為當他跟另外一些系裏的教授談話時，得到的意見完全相反。這一組教授認為維主任是個處事非常仔細和有條理的人，是非輕重，分明得很，對不負責任的言論，當眾來個先禮後兵，溫婉地否定以後，就不假以詞色地當眾表明自己的態度，因此窒息了某些人一向慣於放肆張狂的舉止，在系會上杜絕了只著重於個人私益的要求。所以，有些同事除了非常反對他的態度以外，還有點怕他，但是對他敬畏的同事也不乏其

人，系裏多半的教授對維教授還是擁護的。

院長從事行政多年，對於意見紛紜、人與人之間的猜忌、暗鬥和排斥、甚至蓄意中傷之事，何嘗少見。只不過自己處事的方式，跟維主任的不一樣，看來維主任是個有話直說，直斥其非那一類的行政者，而不是個愛玩手段的，所以，極其量，他也只能做到系主任的位置而已。對這樣的處事方式，他既不認同，也不否定，但自己絕對不會採用這種行政伎倆，以致容易得失人心，輕易地丟了往上爬升的機會。說到底，他也不過是人罷了，在學府政壇上，捫心自問，有點沾沾自喜，覺得自己務實多了，再上一層，他就會換個新環境，漂到一所名氣頗好的大學，當個副校長去。

艾院長的「求晉觀」，也許無可厚非，但在某些人看來，也會嗤之以鼻；沒有能力當系主任的大學教授，固然多的是，有能力卻又不屑為之的，確實也不少；更有一些適逢其會，就是毫無行政經驗與責任感的，也會當上了系主任的；在宜州大學，就有例可援，祝芷雲跟一位在東方語文系的華裔副教授頗為深交，所以知道一些內情。

東方語文系的應教授，冷眼看著自己系裏人事的複雜性，便很瞭解祝芷雲的心情，加上因為他們倆都是少數民族的籍屬，也就特別地談得來，偶爾就會說說心裏話，祝芷雲的事情，從開始到目前，他都很清楚。

有關芷雲投訴這件事情，以後如何，當然得看維教授發

出警告信的效果。系主任會見醫學院院長的事，毛秘書在芷雲到秘書辦公室的信格拿信的時候，給了她個提示。

因此，芷雲約了時間到維教授的辦公室去。她對維教授快要離開系主任這個職位，感到突兀和吃驚，主要是她正要徵求維教授對她申請提升為正教授的意見。

維教授說：「我相信你已經調查過提升正教授的步驟了，是嗎？」

「是的。我已經查得很清楚，並且把必須的文件差不多都準備好了。可一直沒有機會向您請教，現在知道您打算九五年九月就不當系主任了，我一下子覺得有點手足無措，我是否選錯了時間辦這件事呢？」

「不是的。我離開行政的職務，對你提升的事，可以說沒有負面的影響，說不定還有幫助，現在言之尚早，不過，我還是鼓勵你進行去辦這件事的。眼下已經是十月了，要快啊，最好在這三個禮拜內呈遞所有的必需文件。能做得到嗎？」

「能的。謝謝您啊，維教授。您不但是我的恩師，更是對後學不惜提攜的優良教育工作者，是我們很多在學界從事工作者的楷模。遇到你，我不枉此生。」芷雲哽咽地說。

「這些日子，光看我們系有些人的行為，你覺得寒心了吧？我勸你大可不必，就如一大箱蘋果裏頭，總會有壞的存在的。人啊，什麼時候會有純情的日子？」說時，他臉上看著好像有一層慈悲輕輕揉嶹而過。

「我不否認有很氣餒的時刻。從事教育工作的人士，應當持有怎麼樣的心態和自我問責的職業操守，我認為不能是個見仁見智的觀念，更不能因人而異。無論怎麼說，凡是對不起莘莘學子的事，理當廢盡；凡是只對一己有利的事才去進行，那樣的理念，也該令其窒息的。我自己盡力去遵守這樣的原則，往往也禁不住彷徨。更何況，看到的實在是太多相反的人和事了。」祝芷雲沒想到自己一口氣吐出了常壓在心裏的話。

「完全同意你的看法，也願意鼓勵你別讓這種不健康的謠言和不合理的工作環境打敗。你以後還可能會遇到同樣或是更不愉快的場面，但是你要堅信自己做對了事，切莫放棄啊。」

坐在這位又是老師，又是同事的面前，談了半個小時，離開的時候，終於眼睛都模糊了，手絹濕了一大片，心裏卻又舒坦了不少。

解剖系秘書室裏面有一份文件，讓教授們申請晉升職銜作參考，芷雲向毛秘書借出，回到自己辦公室裏靜心地看，文件的重點是這樣寫的：

「宜州大學由副教授提升為正教授，與終身教職沒有多大關係，而且不應該對其他參與競爭提升者構成任何威脅。獲得提升為正教授的，除了薪水稍為提高外，還得到一定程度的身份認同。一般來說，任何副教授認為自己夠資格的話，在系裏五、六年後就可以申請升職。」

解剖學系於晉升為正教授的職份的過程，可以大分為好

幾個階段進行。

第一階段是內部商討。此過程中，系主任會邀請兩位比申請者高級的教授去審閱有關文件後，準備向全系職分高過申請者的教授匯報。

第二階段是個公開匯報的會議，與會者只限於系裏職位比申請者高級的的同事，會議前各人都分有一份申請者在其專業、教學、和服務三方面的成就和貢獻的文件，眾人個別評閱後，大家在會議上公開討論，會議最後便作出決定是否應當繼續進行考慮或否定申請者的提升要求。如果否決了，事情就此結束。

如果獲得大多數人認為可以繼續，系主任便要求申請者提供五位校外專業學者的名字和他們專業研究的成果，也要求與會的教授們提供不同的五位校外專業學者和他們有關的資歷；然後，系主任從這兩組校外專業人士名單中，各組選出三位。被選中的六位校外專業學者會收到由校方／系方分別寄出宜州大學的提升正教授的規條和細則，與及申請升職者的有關資料，讓他們審閱後提供意見。

第三階段，系主任收到所有校外專業學者的審評意見後，就召開由系內正教授組成的會議，會員在議會前有一個小時去閱讀過校外專家的意見，然後共同公開討論是否同意或不同意申請者的升職要求。如果獲得大多數人的同意，系主任就把這個推薦，加上自己的意見，呈交醫學院的院長，以後就由

院長把推薦書呈交醫學院的決策委員會。該委員會議決以後，就向院長報告同意或不同意的決定。如果不同意，此事就此結束。

第四階段，院長就把醫學院委員會同意推薦的報告遞呈給管理大學學術研究的副校長，副校長經過各方面的考慮，認為合理的話，就把推薦文件呈上給校董會。只有校董會才有權力作出升為正教授的最後決定。

芷雲明白了升職進行的過程，心中有數，自己分兩條線路進行。其一是繼續向校方要求，追究「性騷擾」投訴；其二是不讓這件困惱傷人心身的胡鬧事件阻礙了自己申請升職一事的進行。祝芷雲知道自己的教學評估，多年來都是優良的，她的科研成果，與本系裏多半的正教授相比，並不遜色，社區的服務也都充實得很，所以她對自己這次申請提升為正教授，信心很高，於是毫不猶豫地把一切有關資料，按手續呈遞了。

為保護自己，不被已經陷進了的困境擊敗，以致神智頹廢，她早已開始了每隔一周就開車到明州看心理醫生和服藥，這樣做，也只算是盡力給自己提供有限度的幫助，成效顯得很慢。

自從一九九三年四月布蘿代理副校長和艾院長跟祝芷雲交談過後，她把有關的投訴文件，轉寄給七月底上任的雷副校長，眼下已經三個月了，並沒得到回音，連禮貌上、情理上和邏輯上片言隻語的知會都沒有。芷雲固然有點兒灰心和難過，

但決定了不會罷手。她把所有思路和一切文件，都合乎情理地有系統地記錄下來，以備後用。

之後，她拿出自己過去幾個月用心地在網上搜尋恰當的法律顧問後，擬定了名單，去和藝術系那兩位正在採用法律途徑控訴大學的教授們商討，她再徵詢了應教授和兩位摯友的意見，然後聚焦地在五位大律師中，選出了明州的查嘉璐律師事務所代表自己向大學追討公道。

臨崖立馬收繮晚

這位年未四十歲的查律師是諾塔殿法學院當年畢業班考第一名的學生，畢業後在印第安納本州當地的檢察院擔任訴訟律師，工作了八年後，覺得經驗不錯了，就決定跟同窗好友謝律師轉移到明州，合辦了事務所；他們接案的範圍不大，比較是專注於雇員受到雇主不公平對待方面的訴訟，特別願意接下婦女被歧視或騷擾這方面的案件。

五月初，解剖系的維主任召開了特別的系會，聲明這個會議主要是宣佈重要的事項，並沒其他別的項目要討論，與會者一定要在打印好的教授名單上屬於本人的名字旁簽到。大家都感覺到此次會議不尋常，心裏有鬼的難免不安，本著大無畏

心態的「三蠻鬼」一樣處之泰然，他們的附從者爭相請教，卻是得不到要領，無可奈何，只好忐忑上陣。

會議時間沒超過三十分鐘，維教授禁不住嚴肅的臉色，宣佈了他個人對在本系七年多來散播流言蜚語的始作俑者的態度後，鄭重聲明，根據手頭上的實證，向若干位同事在是次會議後發出掛號簽收的警誡信。如果中傷流言仍然繼續，他本人會竭盡系主任的權力，按大學的規限，備案上呈醫學院院長，要求實施處分。

正如維主任對艾院長說過，這次的會議不一定能起作用；果然如此，詆毀的流言並沒減少，看著似有變本加厲的趨勢，作俑者簡直是要跟他對著幹的姿態了。系主任只好再次與院長確定一下，得到同意讓他以一系之主的身份，憑手上證據確鑿認定的鬧事者，發出了五封簽收的掛號信，分別寄到他們的私人住宅去。這五位教授收到信後，竟也聯名寫了一封抗議的信，向艾院長投訴系主任的專橫、無理壓迫、剝奪了他們言論自由和公民的權利。

一九九三年十一月下旬，白教授和海教授共同審閱了祝芷雲的學術研究、教學、對大學和業界的服務等三方面的成果，向解剖系的正教授組作了匯報。八位教授都滿意祝芷雲在教學和服務這兩項的表現，幾位不滿意她在科研和著作這個項目的教授，覺得她不夠「獨立」，認為祝芷雲過於粘纏著維教授去共同發表研究論文，她應當另找新的研究合作夥伴；他們

又指出祝芷雲如果要得到國內與國外業界認同的話，她的研究重點需要更專一，她必須以爭取獲得國內外研究基金為最高的目的。

關於最後那點的建議，祝芷雲覺得如果大教授們是真心誠意的話，應當早在一九九一年初，按校方的要求進行系內自我評審時，就應當提出來的。但是他們當年並沒告訴祝芷雲要注意什麼，卻在兩年以後用這個作為理由否決了她提升的要求，顯然是近乎是「莫須有」的藉口了。

為什麼是藉口呢？因為祝芷雲在一九九三年申請提升正教授之前剛剛以獨立研究者的身份獲得了國家科學基金機構一筆三年的研究金，數額是二十五萬美元，履歷上寫得清清楚楚，可這幾位教授為什麼又別有用心地漠視了她這項殊榮。

一九九四年四月中，系內正教授們投票的結果是四負票比三正票，否決了祝芷雲提升正教授的申請。投贊成票的是維教授、海教授、和白教授；投反對票的是湯教授、凱教授、龍教授和舒教授，當日的代理系主任孟教授只是主持會議，並沒投票。一般的規矩，系主任只是在正反票數扯平的時候，才可以投進決定性的一票。

孟代理系主任後來在法院作證時說，如果那時祝芷雲的投票是正反扯平的話，他那決定性的一票會是贊成祝芷雲升級的。這事後的空話，不說也罷。

喫不著葡萄時，葡萄就是酸的，那類酸溜溜的話竟然在

正教授組內討論的前後，有人也禁不住出口，比如湯教授就向白教授游説，認為他們既然有投票權，就可以隨著自己的心思行事，「女人和黑人是不必擔心找不到工作的。」他輕蔑地説。言下之意，祝芷雲不願意留在宜大，反正到別處也有飯吃。

龍教授也在他們討論祝芷雲升職的過程中説過：如果祝芷雲想得到專家的稱許或認同，她應當在那些為女性和少數民族而設的機構工作，容易得到升級的機會。

何教授更強調祝芷雲在系裏因為與維教授的關係，她得到的利益比他的多出好幾倍，這次他們可以出一口氣了。

查律師跟芷雲交談了兩次後，決定接手處理這宗案件，得到芷雲的同意之後，一九九四年六月，正式通知宜州大學管理部門最高層，明確地聲稱祝芷雲教授在系裏長期受到「性騷擾」，要求校方盡速進行行政處理芷雲的投訴，請校方兩周之內答覆。

宜州大學督理課程與科研的雷副校長收到信後，覺得事態嚴重了，不能再刻意拖延或置之不理，這樣的事，不算大事，是屬於他職責範圍內的，所以他就簡單地通知了校長有這麼一回事，説自己會處理得好的。經過自己一番深思熟慮後，一九九四年十月，校方邀請了商學院的辛教授作為大學與祝芷雲事件的調停人，因為辛教授除了任教外，自己有獨立的公司，專門辦理訴訟雙方的協調工作。

結果，校長助理給了祝芷雲一封信，信的內容大致上是：

1) 雷副校長和艾院長將會跟祝芷雲商討，讓校方成立一個由教授組成的調查委員會去跟進祝芷雲的投訴，以行政的角度作出建議去處理此事。委員會的工作過程只可按照大學的人權措施規範內進行。

2) 祝芷雲得向大學保證，她以後不可以採取與這投訴事件有關的任何行動。

讀信後，祝芷雲和查律師很客氣地通知辛教授，說校方的信顯得是官樣文牘的敷衍，並指出校方似乎對大學的性騷擾措施規條並不熟悉與尊重。因為大學有關性騷擾的章程裏面並沒有聲明要求投訴者必須答應不採取反對的行動，作為得到校方同意去調查事件的條件。

辛教授的調停，不算成功，校方無奈，只好決定成立了個三人小組，去處理芷雲的投訴事件。小組為首的是法學院的侯囡西，另外兩位是對醫學院工作環境相當熟悉的寇漢舒和司徒克，三位都是正教授，在科研上也都赫赫有名。雷副校長認為他們信用可嘉，對此事的調查，會沒有偏見，是能秉公陳情的人選。

雷副校長為了要得到等同法庭聆訊的效果，給三人調查小組提供了一個持有證書作為法院聆訊的記錄人員，去實錄證人宣誓後作出的口供，此外，他還讓大學「維權行動」單位的蘿拉律師給小組作技術運作的顧問。

雷副校長又與其他校方高層行政管理的幾位副校長商討

過，寫了一份書面聲明，提出了若干重點問題，讓調查小組必須找到最貼切的答案，以便讓他能針對這件性騷擾的投訴作出最後的行政處理的決定。這個決定之前的討論會，祝芷雲的法律顧問查律師也被邀請參加表達她本人的意見。

三人小組的三個主要成員在一九九四年十二月成立後的四個月內，互見了五次，大家詳細地讀過芷雲的投訴和附件，包括錄音和紙條，分別排出類別、列出對此事調查的進行步驟、應當召見那些證人等等；。於是約見了作為技術顧問的蘿拉律師，徵求她的意見和如何推出下一步的方案。其實，他們三位早就知道蘿拉是個擺設，平日裏她所處理的投訴，絕大多數的投訴者都沒有機會得到妥善的結果，她只是個大學行政部門的應聲蟲，雖然在公開的場合上，不至於唯唯否否，大學的老臣子都把她骨子裏都看透了，何況當前三個成員中尚有法學院的侯囡西教授做組長。蘿拉是個牆頭草，一味地謙恭有禮，順著三人在討論中得到的暗示去表態，根本不能幫補什麼技術上的漏洞。

聽證的地點就在大學校長辦事處一個側廳，兩個月內他們召見了十七個證人，包括了秘書和若干研究生在內，主要的幾位證人是祝芷雲、維系主任、湯教授、凱教授、海教授、梅教授、哈教授、龍教授等人。名單擬出後，小組讓系主任在系裏宣佈，證人會分別在一個星期前收到寄往住宅的簽收掛號信，通知他們到校長會議副廳出席查詢的日期和時間，證人全

部都要宣誓後才進行對話，問題多半是環繞著「性騷擾」為焦點。

第一位被召見的是梅教授。

法學院的侯囡西教授循例說了幾句官式的開場白後，便問：

「梅教授，你是否當著某些人面前用了對華裔種族歧視的稱謂『哩』去形容過祝芷雲教授？」

梅教授沒想到她竟然會直搗黃龍地讓他挨刀疤子，嚇了一跳，連忙說：

「不。不。我是說了，但我必得否認我在說那個稱謂「哩」的時候，帶有任何不軌的心態和鄙視的語氣，只不過是因為我聽到了一個笑話，這個笑話是由引人發笑的文字音韻湊合而成的，所以那天就也隨便說了，以為可以令到聽者發笑而已。如果不怕擾你清聽，你能讓我把這個笑話說出來嗎？你聽了就會明白我的意思了。」

「好的，你就簡單地說說。」

「在一個集會閒聊的時候，瓦教授說他們系的教職員，是對種族沒有偏見的，因為他的系有一個黑的，一個女的，兩個『朱』（英語稱呼猶太人『Jew』的諧音），和一個殘障人士。當時是有笑聲的，我們解剖系的湯教授隨著這個玩笑，接上了說，『我們比你那個系強些，因為我們有一個『黑』的（指的是姓黑『Black』的白人女教授），一個女的，兩個『朱』（指

的是祝芷雲姐妹，因為『祝』跟『朱』跟英語猶太人『Jew』諧音），和一個殘障（因為當時維教授要持著拐杖走路）。我跟著說：那我們真是個更沒種族偏見的系了，因為我們的兩個『朱』都是『喱』。我這樣說，純粹是玩了個語音遊戲，想起來實在是很輕浮和愚蠢的。」

侯教授臉上皮肉沒動地聽完了他這個無聊的故事後，問道：

「說的時候，喝酒了嗎？」

「喝了。是社交性質的一杯起兩杯止那種。」

「集會是在大學裏的教員餐廳還是私人住宅？」她這樣問，是因為在大學，任何集會如果不是在校內教員餐廳的話，都是嚴禁酒精類的飲料的。

「是在教員餐廳。」

「聽到你說這個所謂『語音遊戲』的人有多少？」

「那天，我們大概有九個人。」

「請問你今年貴庚？」

「五十五。」

「有孫子了嗎？」

「有。一男一女。」

「他們都唸中學了吧？」

「男孫唸第十班了。」他知道，這個老狐狸實實在在地在侮辱他，把這樣年紀的他跟他的孫子相提並論。只是這個時候

他知道自己理虧，實在沒有辯駁的餘地。

「你很推崇湯教授吧？」

「這個嘛，推崇說不上，平日相聚閒聊倒是有的。」

「平日閒聊的時候，湯教授還說了一些什麼是跟祝芷雲教授有關的話嗎？」

「我們並沒把祝芷雲教授當作話題。我倒是偶爾從別人的談話裏聽到過一些，因為這些流言在系裏好像傳開了有一段時間了。」

「說這些流言的人是誰呢？」

「對不起，這⋯⋯我不能說。」

諸如此類的查詢，在問到湯教授、凱教授和舒教授這「三蠻鬼」的時候，呈堂的證據更是圖文並茂，所以極少槍來劍往的局面。由於證人全部都宣誓過才發言，眾人的態度都頗嚴肅。問到祝芷雲，花的時間比較多；查律師，作為祝芷雲的法律顧問給大學發出官方投訴，也同時出席，以保障祝芷雲受到公平的調查。

小組在每次詢問過程結束後，每天理出一份完整的聆聽筆錄。從一九九四年十二月廿二日開始，到一九九五年三月廿五號，前後三個月完事。三人小組寫定了一份聯名報告，內容包括了他們查出的事實，和他們向校方推薦的行政處理規範。這份報告，分發給雷副校長、艾院長、管理大學物業和確保人權公平單位的司模副校長、法律系的瓦納教授等。他們幾個人

接到報告後，沒有異議，也沒要求三人小組進一步調查別的細節。其時維教授因為已經辭去了系主任的崗位，並沒得到報告的副本。接上系主任的是系裏的老臣子寇錄德，由於身居其位的緣故，他也得到了一份報告的副本，作為系裏的存案。

報告的內容包括：

第一：校內和校外確實都有流傳祝芷雲教授跟維系主任有性行為的話柄；漫畫和匿名信侮辱祝芷雲的證據是確鑿的；在證人聆聽中數度有人提及湯教授，並指為是發出侵犯性語言的始作俑者；凱教授公開語言侮辱祝芷雲和他對祝芷雲的反感行為也是證據確鑿的，但不一定是因為他喝醉了的緣故；祝芷雲受到如許下作的羞辱，是屬於性騷擾，並且因為她是個女性的緣故。

第二：小組認為祝芷雲聲譽被損害，性騷擾的流言染污了她的工作環境和侵犯了她的個人私隱。

第三：這種對祝教授的性騷擾，毀及她在國內專業界的已有地位。小組更認為鑒於湯教授和凱教授對祝芷雲作出這等損害性極高的行為，他們是不可能對祝芷雲作出任何客觀的評價的。校方必須正視此兩位教授的行為，加以追究責任和處分。

第四：小組建議雷副校長、艾院長、維教授向解剖系裏的教職員和研究生們召開一個會議，報告小組調查的結果與及對問題的解決方法。校方的這三位高級行政人士必須鄭重聲

明，無論在系裏還是系外都不能容忍這一類的騷擾存在。此外，特別親自警告湯教授和凱教授，令其立即停止對祝教授的騷擾。

第五：立即採取有效的步驟找出誰是那些淫褻漫畫和匿名信的作者。

第六：大學校長必須發出一份公開的通告，聲明宜州大學極其不容許有性騷擾的工作環境。此通告發出前，先讓祝芷雲和她的的法律顧問審閱，並且聲明她們有權利要求修改。

第七：大學當局必須發出另一份公開通告，聲明祝芷雲在此事上是清白的。此通告發出前，先讓祝芷雲和她的法律顧問審閱，並且聲明她們有權利要求修改。

第八：大學必須支付祝芷雲法律顧問的費用；祝芷雲因為這樣的騷擾而接受了心理專家的治療，一切費用大學都得負責。

校方收到了報告後，雷副校長只讓他的私人秘書米女士給小組回了一封謝函。

更由於當時的校長已經遠赴東岸那所屬於常青藤學府之一的大學任職，目前宜州大學的管理階層正在物色新校長，百事待興的當兒，便有了藉口，此事就一直耽擱著。

三人小組事後聚會了兩次，覺得他們在這件沒有待遇的工作上，花了那麼多的時間和心力去調查後，校方竟然持著淡然處之的態度，他們對此極為不滿，私下推測可能是報告最後

的兩條要讓校長發出公開的聲明，令大學理虧和失去了尊嚴的緣故。其實，大學用這樣的政治手段，在不同的層次事件的處理上，已經要了數不盡的次數了。反正他們三位大教授覺得這一次他們做得問心無愧，按實辦事，對任何人都不賣賬。

這段等候的時間裏，祝芷雲已經開始準備和查律師商討如何追究申請升職被否決的事，也忙得不可開交；感覺上好像壞事都是接踵而來似的，如果不辦，啃在喉頭，哪能咽得下。

一九九五年九月初的一天，查律師突然接到三人小組組長侯教授的電話，約定在以前查詢此事時的那個會議廳見面，請她帶上祝芷雲，説是有些新消息奉告。

法學院的侯囷西教授一行三人，仍然以代表大學的身份，一起出席這個會議，表示行動的一致性。按侯教授所説，大學回應得比較緩慢的緣故，是因為校方花了一大段的時間去找一位可靠的筆跡鑒別專家，從九四年十二月底開始，召見了八十二位人士，讓他們都手寫了一些跟那些作為證據的漫畫上、打油詩、和匿名信中相似的句子，作為筆跡對比，歷時八個月。最近專家才寫出一份調查報告，説明對八十二人的筆跡鑒定後，只有一個人的筆跡最為相似，但此人並非系裏的教授，目前專家正向此人索取更多的筆跡跟進研究云云。算起來，從查律師給大學一九九四年六月發出要求調查祝芷雲投訴性騷擾開始，超過了十二個月的時光，事情仍停留在調查和等候結果的階段。

處於是可忍熟不可忍的心境下，一九九五年十月初，祝芷雲通過查律師，正式向大學的「平等就業機關」提出了控訴，指出十三年來一直被性騷擾事件纏繞，謠言四起，竟然歪曲了她的科研成就，造成了對她申請提升正教授要求的輕視與否決。要求對升職一事重新評審，以示公平。

十月底，按照法律規則，她們向大學投遞了一封「有權利控訴」的信。

十一月一號，查律師為祝芷雲向居安郡的宜州地方法院和宜州首府迪莫斯城的聯邦法院分別遞上訴訟書，控訴湯教授、宜州大學、和大學校董會等四項罪名，並且請求法院批准訴訟人向大學和湯教授等申索賠償費，指控的罪名如下：

1) 違反宜州法規第六零一條甲項宜州公民權利，對訴訟人在職業上有性別歧視；

2) 由於校方漠視和失控有同事妄指訴訟人藉著與系主任發生性行為，以便博取個人利益，引致對訴訟人構成了帶有敵意的工作環境，最終竟然否決了訴訟人提升正教授的要求。

3) 因為祝芷雲控訴大學犯了性別歧視，校方對她採取了報復手段。

4) 訴訟人控訴湯教授不斷嚴重地誹謗她，可大學竟然蔑視此事實。

訴訟人要求法院批准讓她向辯方支付下列的賠償費用：

1) 宜州大學必須賠償對訴訟人毀譽、性騷擾、性別歧視和因此而造成精神與心理的傷害，款額一百萬元。

2) 宜州大學必須負責此案件一切費用，包括訴訟人的律師費、堂費、和訴訟人全部心理專家治療的費用。

3) 湯教授必須賠償對訴訟人毀譽、性騷擾、和性別歧視和因此而造成精神與心理的傷害，款額五十萬元。

差不多同一個時段，新的系主任寇德錄教授分別與湯教授和凱教授短談，並且當面各給他們一封信。信的內容是這樣的：

湯教授如面：

大學去年成立了個三人小組，去調查和聆聽祝芷雲教授投訴有關她被「性騷擾」和「性別歧視」的事件，證物包括貶損名聲的談話錄音和書面文字、侮辱的匿名信、和中傷的漫畫等等，這一切都使她陷進了一個不能忍受的、充滿敵意的工作環境裏從事教學與研究。

小組的報告對你的行為提出了幾個建設性的結論。直至目前，大學仍然跟祝教授的律師在商議是否有可能雙方達成妥協，好讓大學採取適當的行動來處理這件事。在沒有結論的這段期間，系裏和大學只能根據我們對你的行為的看法，向你作出下列的懲戒：

1. 證人的口證都指出湯教授和一些個別同事談話時，對祝教授進行口頭攻擊性與不道德的侵犯，湯教授是這些談話的始作俑者。

2. 雖然湯教授你對這些指責唯唯否否和推搪否認，小組據理認定你是唯一或者是其中之一的造謠擾亂者。

3. 湯教授必得與解剖系的系主任、醫學院的院長、和主管課程與學術研究的副校長約見。三位行政人員當會嚴令湯教授停止所有對祝芷雲教授的侵犯與毀譽的舉止。

4. 校方將會聘請一位筆跡鑒定專家檢閱全部的證明文件，並且用以對比在事發期間全部於教職員的筆跡。專家最近的報告聲稱，根據考察後，認為全系沒有一個人的筆跡與證明文件裏的筆跡相似。

5. 本人說過，祝教授的投訴，校方正在商討和調查，還沒有結論。否則，我一定會問你下面的幾個問題：

　　1）你是否為首散播對祝教授毀譽的談話？

　　2）你曾否跟蹤祝教授，或者到她家窺探，干擾她的私人生活？

　　3）你曾否造謠指稱祝教授跟維教授有戀情？

　　4）你最近是否跟白教授或任何解剖系的同事說過有一個研究生看見祝教授與維教授進行曖昧的行為？

如果你對上述的問題的答案都是肯定的話，我就有責任去查實你犯了大學哪一項校規，和觸犯了教員道德章法的哪項，讓雙方的律師進行商榷處理。

　　在整件事沒有結論之前，你我雙方是有權利跟我們個人的律師商討的；不過，我得勸告你，不能把此事作為話題跟任何人討論。如果你仍然對祝教授繼續中傷的話，你的行為必被列為這宗事件的調查證據。

寇德錄啟（系主任和正教授）

一九九五年十月九號

　　像這樣的一封信，寇系主任也給凱教授發了，除了收信人的名字以外，內容大致相同，只不過特別指出凱教授對祝芷雲的毀譽言行，小組認為與他的醉酒亂性毫無關係，他根本就是毫無顧忌、洋洋得意地公開口頭侮辱祝教授。

　　十一月一號，艾院長到解剖系跟全部的教授會面，當眾嚴肅地宣讀了準備好的講辭，主要內容除了簡略總括由三人調查小組開始至目前的調查結果外，強調祝芷雲必須得到公平而沒有偏見的對待；既然祝教授投訴的事已經入稟到法院，校方也就受到了相當程度的限制，不能干預或致評，然而有一些行動還是可以採取的：

1) 醫學院決定採用合適的程序去審評祝教授申請晉升正教授的要求。他本人跟寇系主任商討後，邀請校外學界專

業成立一個評審委員會，取代了系內的評審。

2) 校長將會與校內「性騷擾工作團隊」商議後，公開發表聲明，排斥校內性騷擾行為的存在。

3) 此次與系方的會面，目的是讓大家清楚地知道，他本人和寇系主任極力禁止任何違反和侵害校內人權、職業道德、和學術精神的行為。這個宗旨，不光只限於解剖系的同事，而是全校同人都應遵守的法則。

十二月十七號，艾院長與寇系主任商討後，提出以書面邀請了解剖系以外的幾位終身教職的同事，成立了個校內評審委員會，負責邀請校外專業教授去評估祝芷雲的業績。此事決定後，就通知祝芷雲。

一九九六年一月八號，祝芷雲跟查律師針對艾主任的提議，提出了質疑：

1) 校內評審會的成立，並沒有徵詢她對委員的挑選是否有意見提出，也沒付予她和查律師參與的權利。如此行動，違反了當初她投訴「性騷擾」時校方答應她，由艾院長為首去委任的校內委員會會員的挑選，必須跟她本人商討過，並且有提出修改的權利。

2) 艾院長的提議，把校外評審會專家的遴選，竟然完全單憑這個校內委員會的決定。這與當日校方同意校外評審委員的名單，她有權利提出意見和修改完全不同，這樣違反原則的做法，她和查律師都絕不接受。

3）校方並沒有聲明保證校內評審會的各成員裏面，絕對沒任何一位曾受過系內那些對她本人中傷的言論或行為的影響。

對祝芷雲提出的質疑，艾院長及任何校方的行政人員完全沒有回應，更遑論提出檢討校內評審委員會成員組成的過程和可能性的更改了，這種毫不在意、好不負責的兒嬉態度，在一個高等學府的環境裏出現，真是匪夷所思。

事實顯示，從一九九六年直到二〇〇〇年訴訟開審前，四年之內，大學只對祝教授申請提升正教授的要求提供了個評審會。委員是由解剖系內正教授組成，內中包括了湯教授和凱教授。祝芷雲表示過不能接受這份教授名單，因為這兩位教授對她是不會持有客觀心態的。

明擺著，雙方在聯邦法庭相見，訴訟進行已經是躲不開的事實了。

法官陳詞

二〇〇〇年八月二十三日，聯邦法院法官對此訴訟事件作了以下的總結：

1. 原告有足夠的證據證實解剖系有些同事因為她是個女

性，給她構成了一個不能接受的性騷擾和有敵意的工作環境，他們使用侮辱的語言，認為祝教授憑藉與系主任維教授有曖昧關係，以博取升職的機會，於是故意貶低了祝教授科研的成果；這種有目的的謠言、居然一直持續了十三年，性騷擾加上性別歧視，校方竟然一直沒重視地考慮採取壓制的行動，如此輕漫的態度，竟然在高等學府內發生，令人痛惜。

2. 原告證實了這種性騷擾行為已經影響到她的就業條件和聲譽。聲譽在高等學府裏的專業環境中是特別重要的。孟教授在作證中提出他在祝芷雲被否決了升職後，向白教授說過：「祝芷雲所受到的傷害在系裏面是沒有前例的。」這種殺傷力極高的侵犯，足以打擊到她整體的健康。她提出的證據讓大家都知道她受到的凌辱使她陷入極度的羞愧和無地自容的精神狀態。正如雷副校長作證時說：那樣的事情不是任何人能忍受的，大學裏更是不應讓這樣的事情發生。

3. 這種存有敵視的工作環境，不幸地也牽扯到祝芷雲教授申請授提升為正教授的考慮過程中，口頭上侮辱了祝芷雲的湯教授和凱教授，竟然也名列在評審她的專業成果及具有投票權的委員團隊中。評審團的其他委員教授們肯定都聽到過那些侮辱祝芷雲教授的謠言，這個評審團隊的組合是完全對受評人不公平的。

4. 訴訟人已經證實了校方早就獲得了她有關的投訴，但卻置之不理，不採取任何補救的措施。一九八三年至一九九三年這十年間，系主任維教授和艾院長知道這件事；一九八九年，當時的布副校長曾經直接處理過這件事；後來繼任她的雷副校長也在一九九二年中段至九三年接著處理這件事；他們都看過了訴訟人一九八九年那封投訴函，白紙黑字清楚地寫著：「系裏有人向她進行了一連串的性騷擾言行，意圖貶毀她在專業上和個人的名譽。」然而，大學的回應是：「沒有什麼法子可以壓抑這類言行。」校方只安排了讓凱教授進行戒酒的處理，便不了了之。一直到了祝芷雲教授通過她的法律顧問在一九九四年發出了正式的投訴信後，校方才開始關顧這件事，卻仍然採用特別緩慢的手法來處理。雷副校長在他的證詞裏竟然曾這樣說：「我覺得我的工作責任不應當包括監視別人的臥室在內。」如此話語，也可見當時大學對有人利用性騷擾謠言去損害一位女教授個人和職業名譽這樣件事，並不在意，而且還涉嫌有玩世不恭的心態。這是錯誤的，校方非得正視和正確地處理這樣的事不可。校方那個三人小組做對了，小組向校方提出了那幾點處理方案和行動都是對的。可是，校方對三人小組的建議，愛理不理的，猶豫不決，有意沒意地壓下去；不但如此，還把對此事回應遲緩的原因，推說是在等候

訴訟人的律師和校方的律師談判的結果的緣故。大學管理階層從來沒有清晰地責難這類性騷擾的行為者，更沒有明確地認清這是一件基於性別歧視而產生的性騷擾個案。大學的態度自始至終總是模稜兩可、完全是不願意負責任的。大學只要當初能客觀地面對事實，跟進處理，按照三人小組的建議，本次的訴訟本來是可以避免的，祝芷雲也能免除了長年纍月地被中傷和羞辱，那不但大學省了一筆費用，更加能保存了校方的名聲。

5. 對於訴訟人被否決升職為正教授一事，原告人提出重要的「直接證據」，足夠證實她的被否決升職，完全是因為評審委員會持有性別歧視的動機，這個動機，大大地影響了委員裏面高一等的教授們，否決了她要求升職的申請。湯教授和凱教授的投票意態是絕對不能容忍的；另外，龍教授和范教授對性別的偏見也是證據確鑿的。

有關祝教授的科研論文的發表數量和質量，按照校外享有盛名的專家意見和書面評論，證明祝教授在一九九三年十月為止的科研成果，足以顯示她有足夠的資格晉升為正教授。本人也覺得如果歧視因素不存在的話，憑著已有的證據看來，系裏大多數的正教授是不會投否決票的。

6. 言論自由的權利：

大學認為湯教授對祝芷雲教授的言語中傷和侮辱，是他

個人的行為和錯誤地行使憲法上所謂言論自由的權利，大學不必為他這個錯誤的觀點負責。言論自由和學術自由這兩方面的權利是有分別的，比方說，被告人所指訴訟人與系主任發生曖昧的行為如果是屬實的話，被告所指是在言論自由規範內的，並沒違反國家憲法第七條有關言論自由的權力的行使。但是湯、凱兩位教授所散發的性騷擾言行只是一種極度謊言，並無事實可言，因此他們兩不受言論自由的保障；可是，因為大學不禁止這種謊言和性騷擾的言行以致給祝芷雲教授建造了一個有高度敵視的工作環境，這一方面的責任大學是不可以推卸的。

7. 本案被告（宜州大學、宜州大學校董會、和湯教授）的辯白詞：「認為祝芷雲教授本案的案情是獨立性的，有異於祝教授先前在宜州州府法院提出控訴的案情，所以宜州州府法院審定祝芷雲勝訴一事，不應與本案相提並論」；我認為，事實上，宜州州府法院的宣判，陪審員一致認為湯教授侵犯祝教授的言行，並非他的職權範圍內容許作出的，所以他是犯了罪的；如果他對祝教授的所謂批評是在他的職責範圍內的話，按照宜州法律第二十五甲項第十、二十五等次項，他是會被豁免起訴的。本案被告在本法院申辯認為原告人的案情與其在宜州州府法院的不一樣，這一點本法官認為是無理取鬧和

不合邏輯的，鑒於呈堂證據和口供，本法官認為兩個案情截然相同。判定原告人申訴得值。

8. 原告人指出被告等給她建構了敵意的工作環境、和因為性別歧視而否決原告人升職的要求，均屬證據確鑿。判定原告人勝訴。

聯邦法庭的判決

1. 被告必須把原告祝芷雲教授晉升為正教授，生效日期是一九九四年八月一日。

2. 被告必須調整原告的薪水，按原告升職日期算起，每年的加薪率不少於 8.9%。

3. 被告必須按原告晉升為正教授的日期起，調整一切符合醫學院正教授所應當得到的待遇、配套和聘用條件。

4. 被告必須按一九九四年八月起，給原告補發薪水，配合給予與補薪額有關的一切福利，包括每年加薪率不少於 8.9%，並且按單利率的算法，補給原告應得的所有利息。

5. 原告必須把與本案有關的一切宗卷，負責分送一份到下列名單上的單位和人士：

1）校董會的每一個成員；

2）宜州大學的校長；

3）宜州大學管理科研與課程的副校長；

4）宜州大學各學院的每一位院長；

5）宜州大學醫學院內每一個系的系主任；

6）宜州大學解剖系的每一位教授和職員。

7）宜州大學必須把與此案有關的所有宗卷在校內大圖書館保留五年，好讓大學內的任何教授或職員隨時要求翻閱或自費複印副本。

8）大學必須在四十五日內履行上述七項的法庭判定。

9）被告必須採取正確措施保證向原告提供一個完全沒有敵意的工環境。

原告人在三十天內可以進行向被告等索取所要付出的訴訟律師費用和被告被罰的賠償款額。雙方的代表律師必須按本地法例第二十二規條辦妥。

這件案件，若從一九八五年祝芷雲抵達宜州大學就任助理教授不久就發現了性騷擾的漫畫那天算起，經過一九九五年十月祝芷雲向法院遞呈控訴，直到二〇〇〇年八月法院宣判她勝訴，歷時十四年另十個月。

驛站之後

祝芷雲，訴訟勝利後，次年，轉到卡羅拉那州一所有名的大學醫學院任解剖學正教授，退休後遷居美國東部華滿州，仍兼任州立大學醫學院的校外顧問。

維主任夫婦，自宜州大學退休後，轉到全國聞名的蒙塞迺醫療研究中心繼續研究的工作。

「三蠻鬼」在法庭判定祝芷雲勝訴後，「醉鬼」依法判完成了嚴格戒酒的課程，人變了，「覺今是而昨非」，慚愧地誠意向祝芷雲道歉。其餘的兩個「蠻鬼」，自覺沒臉留在宜州大學城，退休後分別移居到新墨西哥州和路易斯安那州去了。

醫學院院長艾教授競逐德州大學副校長一職落選，一直留在宜州大學至退休。

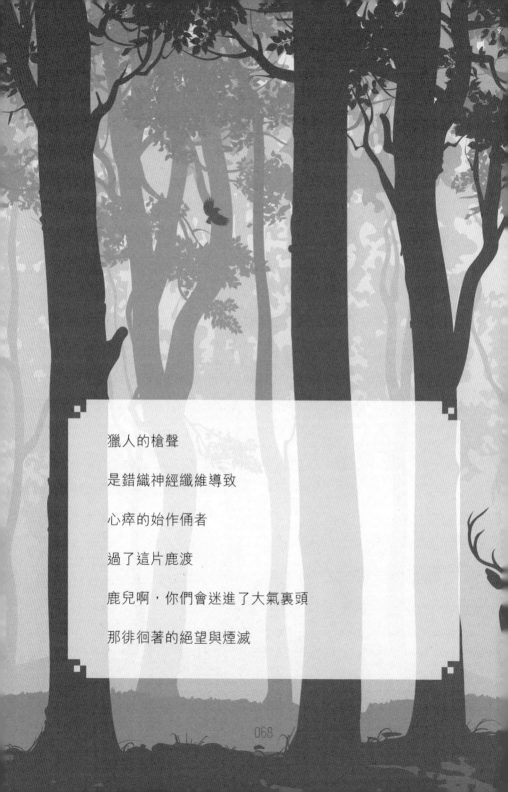

獵人的槍聲

是錯織神經纖維導致

心瘁的始作俑者

過了這片鹿渡

鹿兒啊，你們會迷進了大氣裏頭

那徘徊著的絕望與煙滅

068

鹿渡

序幕

　　大秘書尼娜帶著笑走過來，很客氣地說：「真不好意思，這麼個冷天還要你過來，路還好走吧？」

　　我虛以委蛇地以鼻音支吾了一下，卻怔忡著自己剛踏進文學院院長魯教授的辦公室的時候，幾位秘書那份異乎尋常的緊張和戒備的態度，甚至頗為明顯地看到當我把大衣掛好以後，她們才鬆弛下來。對她們這種我認為是過敏及愚笨的反應，我忍不住心頭起了輕蔑的感覺來了。

　　時維一九九二年一月二十三日上午十點鐘，那天也正是前黑人民運領袖馬丁路德被槍擊身亡的逝世紀念日，上距近日林華表在本大學殺人事件已經九個多星期。

　　路真不好走，這小城一年裏頭以一月的天氣最糟，往往在春季學期開學的第一個禮拜就下著很危險的冰雨，那冰雨一觸著地面，就鋪上一層堅實的薄冰，滑溜溜的，人會摔跤，開著的車子會滑到行人路上去，高速公路上翻了大車小車是很平常的事。

　　從我的辦事處走過去，要拐過校園中幾條小路，我只能踏在草坪上面的碎冰，才勉強躲過摔跤的危險。

　　尼娜那樣問，起碼不完全是虛偽的應酬話。

　　自從林華表的事出來以後，好像整個大學城的人看到中

國人就有戒心似地；上個禮拜，我在城裏往書店的方向走的時候，一輛路過的校車上的中學生們就有好幾個向著我呼喊了一些什麼。

我敷衍地回答了尼娜。心裏卻想著今天早上文學院院長約我，到底還有什麼事要談。

尼娜以前就在我們系那座樓的法語系上班，一向跟別人都保持著專業性的禮貌和距離，莊莊重重的。三個月前我在尼娜的現任上司的屋子裏吵起來的話語，她坐在離院長辦公室門口最貼近的辦公桌辦事，應當是充耳可聞的。院長辦公室前面是一個大廳間，四位秘書分別坐在四個角落，自成一體地。

我剛要坐下，背後那扇門就打開了，院長帶著非常誇張的笑容，伸直了那毛茸茸的、皮肉鬆弛的右臂搭在我的肩膊上，這樣不合邏輯的親熱顯得令我尷尬起來，只是我不難理解到他之能從過去歐洲那政權中保存了生命，自有一套並非全憑僥倖的高明伎倆。

三個月以前我瞪著他那高高的大鼻尖，向他溫和地、抗議地說他當時用那樣的態度跟我說話，好像以為我不知道在這個國度裏，老百姓是有權利批評國家總統的。說完，我就毫不猶豫地向他道別後離開了。

這時我仍然坐在三個月前的那個位置，面對著他虛偽的笑臉。

我非常清楚地記得他那張臉，在林華表殺人事件發生以

前我跟他的那次會面，是怎麼樣地掛著一副無上權威的表情，似乎要把我這個在他眼中不過是屬於他管轄範圍內一個小小的華裔教授，一壓就可以壓到支離破碎的樣子。

　　現在，我默默地看著他右手手腕上洗不掉的那個號碼，自他稍為捲高了的衣袖，隨著他的手的動作，飄揉著我的眼瞳，我心裏想著，一個人經歷過那麼樣的一段慘絕人寰的生活，怎地仍然還沒熬成一份特有的沉澱與冷靜？這樣，我的思想，就很自然地閃過曾經在歷史紀錄的新聞片子上看到過希特拉在演說時他揮著手時那高傲無悔的樣子。

　　「我想過了，你的投訴並非不合規則……」他上次可不是這樣說的，而且在那次的會談以後，他還給我發了一封警告信，強調我沒按規矩做這件事，他的信，我一直保留著。

　　「你也有權利去採取這樣的行動，不過，當你的氣稍平的時候，也許你會覺得你的指控過火了些，這段日子，你是否考慮過把你的投訴收回……」。

　　唉。我想，他竟然壓住了傲慢，顯然是看過我也把此事以公文方式呈遞到校方那個維權行動組織單位去了。

　　這時尼娜端了一杯茶進來，我注意到她在端詳我的臉。

　　「魯院長，對不起，說了合理的實話又收回來，不是太沒意義了嗎？我提出的事有證有據，不但寫出來了，還簽名了，收回來又會意味著什麼呢？」我等到尼娜出去了，才用差不多等同他一樣的笑臉對他說。

「可是，應教授啊，你大概會同意，同事之間，能夠和諧地合作，是最要緊的。上次你離開以後，我還沒跟莫瑞教授見過面，我會繼續嘗試跟她聯絡的⋯⋯」他這樣說的時候，我毫不迴避地看著他那已帶疲累的眼瞳，我實實在在地看到了人生的遲暮與風霜，遂壓不住心頭如絲絮般旋旋而上的惻隱。

我知道他在說謊，我認為他早就讓莫瑞到過他的辦事處，聽著她說話，看著莫瑞毫無化妝的臉上淌下的鱷魚淚。

這時他續著說：

「話又說回來，她到底也算是你的上司⋯⋯」

我仍然微笑地聽著他的謊言，然後接著他的話說：

「魯院長，上司不上司，還不是按著理據和規章辦事，你難道不同意這個看法？而且，我們系的系主任，並不是按個人有否高度的辦事能力和科研成就而給委任的；那個崗位是按什麼規矩讓人當上領導位置的，你最清楚不過了。」

「當然同意，當然同意⋯⋯」他今天的脾氣和態度真的比上一次好多了，我想，也許林華表的殺人事件把他嚇怕了，因為我歸根到底還是個中國人吧。

「不過，」他仍然比較溫和地說：「莫瑞教授是從行政人員的角度去處理那件事，跟你的看法自然不一樣。要是你處於她的位置，你也會做出同樣的決定的。」

「不會的。她是她，請你別把我當作她來看。院長，從工作崗位和責任的觀點出發來看這件事的話，我肯定不會像她那

073

樣做的。你要是已經認真地讀了我投訴信中所陳列的各點，審查過附有學生簽名的信件的真假，你又願意去跟進做個客觀的調查的話，你應當知道莫瑞是沒有一點讓我或者讓任何有正義感的教育工作者可以學習的地方的。」

我壓住我的憤怒，盡量以平穩的聲調把這段話說完了。可是看到他臉上那副不以為然的表情時，我忍不住了，遂續著說：

「你那麼堅持地維護她的所作所為，我很失望，我們今天的談話繼續下去，還有什麼作用呢？我離開之前，再次懇請你秉公處理我的投訴，好嗎？」

我站起來，我看著他臉上那掩不住的懊惱。

「不對啊，應教授，你再考慮考慮我的意見後，我們再約個面談的時間如何？」

他還能客氣地把我送出他的辦公室。

惜是當時已惘然

我在寒酷的冷風裏小心地在回程中踏著鋪上薄冰的小路的時候，才開始感到臉上的溫熱，這溫熱，卻是從我內心慢慢地冒出絲絲的憤怒而來的。

這時觸進眼簾的是那鮮黃色的很寬的尼龍膠帶子，在皚皚的白雪地上，隨著寒風波伏地擾攘著行人的記憶。這鮮黃的帶子繞著那些插進了冰地裏深紅的鐵枝子，把麥克白德大樓的石梯進口處圍攏起來，就在那門口兒前面，警方插著一個寫著「禁止進入」的大牌子。門前的五條大圓柱子的靠地處，依然擺放著好些冰殘了的花圈，其中幾個花圈受不了偶爾幾陣特別頑強的冷風吹過，已經被刮到往下的石級上來。

景象冷酷與淒厲。

在這棟樓裏，一位副校長被槍擊斃命。昨天的晚報提到那個年輕的秘書已經從深切治療部門移到特別病房，但是自她脖子以下的身體部分，仍然不能自我移動半分。這女孩子是這次槍殺事件五個人中唯一的生還者。

我想著林華表在武漢年老的雙親，同時不自禁地為被殺者們的遺孤愁楚起來了。

林華表從來沒給過我一個火烈烈的印象。

我們在教會的聚會中相識的時候，我曾經一度頗為欣賞他的謙虛與睿智。他的苦心向學，使我這個曾是留學生從孤身獨鬥中熬出來的教育工作者特別喜歡他；而他那麼年輕就能在專業性的刊物上發表了好幾篇研究論文，實在可嘉。他非常敬佩那兩位得到諾貝爾科學獎的華裔物理學家，更熟悉他們的研究，並且奮勉自己拿他們兩位做榜樣。

那位得獎的物理學專家李教授為中國設計了物理學三天

的高難度評審考試，林華表是通過了這個考試，排名在百分之九十八之前，才被國家選中派送到美國大學的研究院深造至博士學位的，他選了宜州大學的物理系，是因為宜州大學的物理系在全國享有盛名，有首屈一指的太空物理專家樊艾倫教授坐鎮系裏。林華表目前做的研究，是物理界裏面罕有人做的，全國只有三十人左右專研「等離子體存在於宇宙間」的問題。他心裏是這麼想的，如果他的理論得到實證的話，便是突破，也許，企望獲得諾貝爾科學獎提名並非妄想吧。

據說，槍殺事件中那個負責學術行政的副校長致命的原因，是由於研究生的獎學金是從她的辦公室批出來的緣故；林華表五月份剛剛通過了博士論文，考試前同學們和他自己都認為他會得到以史丕士德副校長為名的最高榮譽博士論文獎，結果，那個獎，系裏不但沒給他，同時還把另外一個一千元的現金獎也發給了另外一位研究生；他摔得太慘了，思前想後，心有不甘，給那位副校長寫過一封申訴信，要求她對這兩個獎學金的頒發細節進行調查，重新評審；然而，他得到是一封官函式的回信，幾句話就草草地了結了這件事了。林華表後來找過她，秘書回答說副校長再沒時間跟他討論此事了。

諸如此類的情況，在大學裏所見菲鮮，事情的終結往往就因為主事的教授或高職行政人員近乎輕漫的一句話就下了決定的。一般來到異國深造的留學生，碰到這樣的情況，也只好深嘆及自憐罷了，林華表已經在宜州大學六年了，多少沾上了

美國學生愛抱不平的勇氣，所以……。

據説，林華表發表了的若干研究論文，是跟他的博士指導教授聯名的，只是林華表在這一類論文上的主力貢獻都變得很次要。論文排名，人所共知，當然是他的博導為首，除非博導公開説明自己該排在次席。

能這樣做的博導不知道會有多少？

據説，林華表槍殺了那位副校長，傷了年輕的女秘書以後，正朝文學院院長辦公的大樓那個方向走，就讓剛剛趕到的校警開槍擊斃了。

幾個人的生命，就在短短的一兩個鐘頭走到了盡頭。人類必然踏過的一節一節的生路歷程，或多或少，會輕簡得像洋葱的組織，一層一層地，總有在揭開時招人流眼淚的時候，不是嗎？

也許，當魯院長的秘書們看到我這個中國人進門時，他們掩飾不了不自覺的緊張，是不無緣故的吧。人心可笑的表露並非罕見。

槍殺事發的那天，氣溫下降，我正在物理學大樓門口兒把兩件毛衣交給萍兒時就聽到裏面兩下槍聲，我馬上拉著萍兒往我停在大樓左面的汽車跑過去的時候，裏面又再響起了兩聲槍響。

槍聲喚起了我很不愉快的童年和少年時那段家國多難的日子，我已經能夠很多年摒除自己去回憶那段生活，沒想到在

這個先進的國度裏，我又再一次親自在那麼近的距離聽到槍聲、感應著別人碰到了死神。

我坐進駕駛者的位置，不自覺地抖動起來，竟然癱瘓得沒力氣去扭旋鑰匙去發動引擎。

「爸爸，你怎麼了？」萍兒驚惶地看著我。

不知道為什麼，我正在想著林華表。

真的。恐怕使我擔心了五個月的事情到底壓不住而一發不可收拾了。

一霎時，我也在想，假如我能放得下一切的話，我是否也有同樣的衝動，把藏在衣櫥裏的自衛用的手槍派上用場。

我的腦海中飄過莫瑞和白慶餘他們兩個醜陋和詭心的形象，又恍惚看到了很久以前我震慄地自門縫裏偷看著巷戰遺下來的陳屍。那瞬間，我在自己的獸性和驚悸中掙扎著。綽綽模糊中，眼前飄過警車頂上那美麗的紅、藍、黃三色閃燈從四方八面閃耀過來。同時我又再聽到較弱的兩聲槍響發自麥克白德大樓那個方向，想是開槍的人從物理大樓跑過去後發出的。

那天晚上，我久久不能成眠，看看身側的妻，真羨慕她睡得那麼香。咱們老夫老妻了，各自蓋各自的被子，誰也不影響誰的睡眠。

輕輕地，我推開薄被，就感到室內的清冷，畢竟是十一月了。在宜州，秋季從九月開始，我們只有三個月金風送爽的日子，白天讓溫暖的陽光沐浴著，夜來要是沒月光的晴空，

都掛滿了鋪著銀河的小鑽石般，使人睡不著也覺得是走運的光景。

我在後院三面環著落地窗戶的屋子坐下，想著在暑假開始不久，我向校方維權行動組織的辦公室寫了一封投訴莫瑞失責和濫用系主任權力的信。信是這樣寫的：

馬淑申教授鈞鑒：

本人正式投訴東方語文學系現任系主任莫瑞教授犯了下列幾項在課程和人事處理上極大的錯誤，違反了校方在這兩點上多次公開鄭重的勸誡，構成了本系踏入錯誤的課程發展方向和不公平的人事安排。申訴的緣故和理據詳述如下：

第一：下一個學年開始，中文部會有兩位教學崗位的空缺，其一是文學課程不帶薪水的休假，另一崗位是目前由暫聘的張學文博士擔任教一、二年級和四年級的漢語課的。文學院承諾只可以承擔付薪給一個崗位。根據系裏會議記錄上的說明，鑒於校方的勸誡，補替的崗位，應照顧到學生的興趣、選課學生的人數、學位的要求、整套系列課程的持續性、與及學系的前景等等為考慮的基本標準。按此標準，張學文博士是理應得到文學院承擔一位薪水的崗位、繼續為系裏服務的，因為那位不帶薪水休假的同事，她所任教的文學課程，不是學位的必修課，選課學生人數寥寥無幾，挺多就是兩、三個學生，而張博士所授語言課程的選課學生人數，

079

加起來接近三十人，他教的三門課都是一系列學位課程不可或缺的。

　　問題就出在這裏，莫瑞違反了校方的勸誡，自作主張，濫用職權，決定把她的一個唸比較文學的博士生調任到中文部來當助教，取替張博士任教的四年級的漢語課。理由是因為系裏經費緊縮，這位博士生可以把她得自比較文學的助學金帶過來，中文系不必負責她的薪水；並且，這樣的措置，使這位博士生有了教漢語的經驗，將來比較容易找到教職云云。其實，主因卻是莫瑞是這位博士生的博導。該生既沒有教學經驗，而且她也只能寫和看懂漢語簡體字，本系四年級的漢語課，為了讓學生有全面的漢語訓練和培養研究生日後閱讀高程度的原文，所用課本全都是傳統的繁體字。如果任教老師連這個程度都沒有，成何體統。莫瑞的安排，反映了她故意失責的自私行為，漠視對學位課程的連續性，辜負學生的期望；她為了給她自己的學生一份工作，就要犧牲本來教得好好的張學文博士。不但如此，莫瑞更低薪地新聘了一位並沒有教漢語經驗的、漢語水平也沒能超過目前系裏兩位漢語助教的，來教張學文博士其餘的課。如此濫用職權，簡直是無視現任大學校長洛凌教授強調提高教學質素的呼籲。她非要裁掉張學文博士不可，這種強蠻無理的行為，實為不恥。

第二：本學年四月廿五日，文學院艾副院長通告，聲明助教只可任教課程編號 100 至 199 之間的課。漢語四年級的課，是 200 號水平以上的課。莫瑞強蠻地用了從比較文學系調任過來的研究生去教本系 200 號水平以上的課，明顯地違反了艾副院長所指明的規定。莫瑞覺得為她的博士生籌謀日後找工作崗位比裁掉現任教職的張學文博士重要得多，這完全出自她本人的任性的胡作妄為，置職業道德於不顧。

第三：中文部漢語課程的策劃、管理、和助教的訓練，一向都由本人應儒河負責，而且選課的學生人數每年增加；本人更得到福特汽車集團基金一筆款項，培育一小組美國學生畢業後成為宜州中學裏的漢語老師，學員的受訓課程除了在本系修讀「漢語作為外語教學法」以外，還包括被送到北京大學深造學習漢語一年。首批的學員已經有四位分別得到工作職位；是項培訓計劃，目前仍然得到基金的支持。莫瑞的專業，完全無關語言教學，她卻濫用系主任職權，慣用她的口頭禪「我必得這樣做、我必得那樣做……」，侵犯到語言教學的範疇來。口頭上，她對系裏的同事說，她的做法，是與本投訴人商討過的。本人確定聲明，莫瑞根本沒有與本人商討過或是得到本人同意她這樣的措置。

第四：本人相信校方給予系主任的職權，主要是掌管系裏一切的營運，但是肯定有規限的底線，以免部門的主管越權而專橫；本人認為莫瑞此舉，觸犯了底線，胡鬧弄權。

總結上述，本人以此信正式投訴莫瑞扭轉中文部的需要，架空工作崗位來安排她自己的學生進入中文部，以莫須有的理由排斥了張學文博士，這樣的做法，完全違反了維權行動組織的精神和宗旨。本人要求維權行動組織明鑒這件事，恢復張學文博士的工作崗位；本人更強調要莫瑞向本人和張學文博士作出正式的道歉，並從此退出干涉不是她專業的語言教學範疇。

如何之處，請盡速賜教為盼。

謹此

應儒河教授

這封信，一式三分，另外兩份分別給文學院的魯院長和公平就業單位的部長。

宜州大學的東方語文學系算是全國大學中最早設有這樣的學術單位之一，開始的時候，只有中文部，是創辦人梅、李兩位華裔教授共同努力的成果，一直享有盛譽。只是世道變遷，梅教授等幾位已經退休了。這個系慢慢地發展、擴大、和包容，遂加進了日本語文，再後來更有了印度語，和梵文，後者乃由於當時國家政策趨勢提倡發展外語教育，重點在於「關

鍵性外語」這一組，讓有意的大學申領經費創辦或增強已有課程；其時，敏銳的系主任陸瑪莉教授趁機也就招了兩位資深的學者作為招牌，揚言為了豐潤課程的內容，所以很容易地得到撥款，就定下了目前的規模。

到了當日我以一個剛剛從維州大學快要完成博士論文的新丁被聘任到宜州大學的時候，看到的這個學系，似乎已經走到了荼薇的地步了，但是由於「初到貴境」，當時還沒能看清為何該系會淪落如斯。

上任的那年，東方語文系只有三個單位，以中國語文比較大，所謂「大」，也不過只有兩位正教授、一位副教授和我這個暫聘講師而已；日本語文則只有一位正教授和一位暫聘講師；另外就是梵文單位，只有一位正教授獨當一面。系主任陸教授就是日文單位的。整個學系，助教以外，有七位領薪的教師，師生比率稍為低於 1：6，遠遠比大學標準的 1：18 低出三倍。其時國家的教育經費，已經大為減削，依照大學經濟部門算來，這個學系肯定是個賠錢又賠錢的，這麼少的學生人數，無論交多少學費，都養不起這些近乎「有教的沒學生」的教授們。

我跟中文部的老臣子岑教授交談之後，知道他跟我在維州大學的博導教授是故交，頓覺與有榮焉。其餘的老師，就是莫瑞和白慶餘兩個美國教授，他們倆原先是在中國學習漢語時的同學。我後來從認識的人口中，知道那時莫瑞以單身母親帶

著女兒在國外學漢語，頗為得到白慶餘和同學們刮目相看。

莫瑞在系裏的職位很特殊，她的博士學位專業是比較文學，卻份屬中文部，但只教一門中國文學的課，另外在比較文學單位也教一門課，每周共六個小時；白慶餘教古漢語和一門現代漢語課，這兩科，每周共六個小時；岑教授教中國戲劇、中國書法、好像每周總共五個小時；只有我，由於是新丁，雖然文學是我的專業，卻沒有文學課程可教，即使有，也分身乏術了。

我被分派每個學期擔綱一、二年級的漢語精讀課、和兩門初級漢語慢班，共十二個學分，每周授課十二小時，後來我才知道比大學系裏的教授多一倍的工作量。客觀地說，是不公平的超量工作，四年級漢語課沒學生選，否則這三個學分的課程，也不知道是否也會分派給我。反正系主任在聘任面見時就告訴過我這個工作崗位比較吃重，讓我好好地考慮要不要簽約。

工作啊，工作容易找嗎？

什麼就業平等機會、什麼維權行動組織，想都沒想，只能咬咬牙忍住罷了。趁年輕，不會過累的；當然，教課以外，還必得騰出時間完成我的博士論文，兼得寫學術研究論文，以便在學術研討會議上宣讀或學術刊物上發表。

第一次的系務會議，岑教授的參與，據說是八年以來第一次。是次，系主任陸教授以她生來就是嘴歪歪的笑著的臉容

歡迎大家，介紹了我和日語部那位新來的暫聘講師後，就生氣地說：「又是這個莫瑞，總是非遲到不可，這次我不會讓她有藉口的。」說完，她按一下她的手機，說：

「歐尼，你給莫瑞打個電話，問她為什麼還沒過來出席這個學年的第一次系務會議。大家都等得不耐煩了。」說完，她用力地擰一擰手機的開關，立刻打開她面前的好幾頁文件，開始宣告有關事項。

我在美國唸書和當助教的這些年，這是第一次看到一個說話如此無禮和目中無人的美國文化人；我心裏想，莫瑞受得了她嗎？其餘的老師，也受得了她否？我在受聘面見的時候，卻沒感覺到她竟會在眾人面前如此表態，我心裏升起一絲莫名的警覺。

歐尼是我們系的秘書，後來我知道她很能逆來順受，「忍」字訣非常到家。也許那幾年我恍惚潛意識地跟她學了不少吧。

一年工作下來，覺得情況還不錯，同事之間，相處得頗和諧，學生更是喜歡我用上了把漢語當作外語來教的方式，所以，我在忙得有點兒透不過氣來的情況下，心裏還是蠻舒坦的。因為選課的學生奇少，改作業的時間也相應地少了，故此壓力不算太大。只不過心裏老嘀咕，為什麼在這所接近三萬學生人數的大學，到東方語文系來選課的學生少得令人難以置信呢。比方說，我所教的一年級、二年級漢語精讀班，正是讓任

何學生一年之內，就可以滿足了大學規定每個學生都得讀滿十二個學分的外語要求而設計的。其他的歐洲外語課，一年只有六個學分，學生就得選讀兩年。但是分配讓我教的一年級漢語，只有六個學生，二年級只有三個；白慶餘的三年級，就有一個；他的文言文也只有一個。這還是第一個學期的現象，第二個學期，若有學生退課，顯然就更冷清起來。

系主任每次開會，都半諷半怨地埋怨學生少，說文學院向她施壓，如果學生人數不增加的話，明年學系的經費，就會被減縮。

我已經開始注意到一個很奇怪的現象：同事們的辦公室，門永遠是關著的，即使門上貼了給學生咨詢的時間，門還是不打開的，這不可能等於謝客吧。只是老師們在不在屋子裏坐班，無人知曉；只有我和日語部的暫聘講師，我們倆的辦公室門是打開的，這也是我在受師資培訓時學到的一個規勸。

客觀地說，我覺得系主任倒是一個頗願意為系方努力向校方力爭經費、發展系裏營運的人才，可惜此人心胸頗狹隘，一方面希望這個小系能發揚光大，另一方面卻又想她的日本語文專業把另外兩個單位壓下去；可惜事與願違，自從蘇聯發射太空火箭成功後，那個更小的俄國語文系學生選課的人數每年都增多了，俄語系那位煙癮極大的系主任，揚言他們系的畢業生，隨時可以在聯合國及有關的部門謀得一份年薪達五位數字的工作；隨著，中國火箭的升空計劃正在進行得如火如荼，

選讀中國語文的學生也漸漸地增加了；所謂「漸漸增加」，整個中文單位的語言和文學才總共七門課程，我開始任教的一九七九年間，其中兩門高級的語文課程，往往沒學生選讀，學生人數，語言和文學課，加起來一共也不超過十五人；日本語文單位，包括五門課程，就只有八個學生；梵文就更不用說了，那位長著一把大鬍子的、像道教老子似的正教授，只有一位學生到他的辦公室按書閱讀。

總的來說，整個東方語文系三個單位的學生人數不超過二十五個學生，正教授帶的課，連一個學生都沒有是常事。就憑這註冊學生的人數，連基本規模學術部門都談不上，情況如此之糟，那幾位近乎沒課上的正教授，除了系主任以外，恐怕倒樂在其中，鐵飯碗已經在手，有學生選課與否，正是「吹皺一池春水，干卿底事」。

擔當這個小而複雜之系的系主任，為爭取每年從文學院撥下來的經費，周旋於眾多的大學系之間。陸教授遇到的壓力、其間煞費思量處，非常人可比，這是文學院的院長看得很清楚的；她的心情也不好，整日間總是皺著眉頭，拉長了臉，那也是正常的吧。加上她長得杏眼圓睜，不怒時也像鄙視什麼人或對什麼事生了氣似地；也許為此緣故，同事們下了課，大都關起辦公室的門來躲著吧；系裏幾個助教和那位日文部的暫聘講師，見著她時都表現得低首下氣似的。她每月一次召開的系會，同事的出席率還好，就是那位每逢上課或是開任何會議

都遲到起碼半個小時的莫瑞副教授，仗著已經拿了終身教職，三番四次斗膽不出席；況且有人說她長得像那位美國溜冰皇后費蘭敏，所以她早就刻意地連行動和舉止都模仿起來，好些學生看著，臉上都似乎露著欣賞的神情。

據說莫瑞曾被請到系主任的辦公室，門關上後，被詳談了近一個小時。像她那樣的一個已經有了終身教職的教授，她就可以用給臉不要臉的態度對付上級，除非犯了異常的錯，誰也奈何不了她。

她這號人物，就連跟語文專業毫不相關的、在解剖學任教的越裔祝芷雲教授都知道，因為在幾次大學讓教授們參予討論校方如何看重研究論著的發佈會議上，大會已經進行了半個小時，幾個院長們都公開簡介了專業的研究重點範圍，在全場鴉雀無聲的當兒，大門像被一個小偷竊進一樣輕輕地打開，一個女性先探頭，然後進來了，大家不必看，就知道是獨一無二的莫瑞，不少校裏的同事認為這是她很有個性的故意招人注目的方法。

在這樣的環境裏工作，我也只能安守「各家自掃門前雪」的啓示罷了。我跟那位日語部的暫聘老師，簽的是三年合同，按大學一般的規矩，三年內博士論文通過之後，教學和工作表現好，還可以再簽三年，否則就得另謀高就。我在就任期間，第二學年初就通過了博士論文的評審，獲得了維州大學頒發了文學博士學位。

跟著，三年將滿之時，系主任為了表示對我們兩個新丁公平，決定了請她一位在日本語文教學方面很有名氣的朋友佐敦教授過來對我們的教學做個評詁。佐敦教授在康奈爾大學任職，是位正教授，她寫的那兩套《初級日語》和《中級日語》，是我在選唸日文作為我博士學位的第二外語時導師採用的教科書。書中每課的正文都適應日常生活的話題，語法解釋得非常詳盡，條理很清楚，配有錄音帶。另外，她也出版了一套日語作為外語教學法的錄像，是訓練助教和日後以教該語文的准老師的主要教材，我深深地領會了這套教學法，跟我受師資訓練時那套「五段教學法」有異曲同工之妙，合併調和操作，可以有很多空間讓認真的外語老師借用和參考。其實，我在維州大學任助教的時候，就用了這樣的方法給學生做熟習語言的口頭練習，學生都非常喜歡。我到了宜州大學，仍然採用這套教學法，不同的是當下我不是助教了，因此教課文的時候，我還借用了不少當年教我日語的老師三浦明教授的部分手法，所寫的教學方案，就跟當助教的時候寫的大不相同。教案寫好後，還得練熟了才去上課，從不拿著課本，邊看邊教。所以，聰明的學生，都領會了老師是充分地備好課的。至於熟練課文的口語那段的課時，就讓我訓練過的助教幫著教。

　　佐敦教授看了我的課，很認同我的教法，給系主任寫下了觀課的評議，也給了我一個副本。系主任看過了我教學方面的評估後，便讓我把博士論文一個副本交給她，說是給英國文

學系的胡噉理教授做個評閱。胡教授是研究莎士比亞的專家，由於莎士比亞有好些作品出現了冒名作者，因此在英國文壇上有不少學者對某些所謂莎翁的著作不斷地爭議著作者的真偽這回事。

閱讀了他們這些研究文章，對我下筆寫博士論文之前，有很大的啟示。

我的博士論文，主要是在研究中國小說歷來最為文學家觸筆評論的一部偉大的古典小說的作者問題。我並不找什麼證據去論述誰是作者，反而是避開了這個爭論，集中在作者一元論或多元論的研討。這本小說一共一百二十回，初期在坊間只流傳著前八十回，研究專家都認為這全是一位作者的手筆。只是後來在市面上出現的後四十回，亦即自八十一回到一百二十回，不少研究此書的學者，都認為是另外一位頗有學問的人所作，只不過有個書商把這四十回跟前八十回歸納在一起，算是全書一百二十回。

我的研究，把全書一百二十回分作三部分，每一部分包括四十回，恰好字數大約相等；我先假設每一部分由三個不同的文人寫成。我用了統計學的原理和用電腦去統計這三個部分的小說中三個不同作者所用的功能詞匯的頻率，分別構成三個詞庫，從詞庫中的詞類之間相關程度的指標著眼，讓統計學的方程式算出科學的數據，看看三位作者中的功能詞匯用量的近似程度而決定作者是一元論或多元論。

胡噉理教授閱讀完了論文副本後，給系主任的信中有如下的評論：

這是我所讀過或是知道用統計方法去研究作品的風格的論著中，最為細心和考慮最周詳的著作；我看到作者好像已經準備了如何去應付和解答我將會提出的反駁和爭論點，而且對每一點都做出公正明斷的處理和解釋。我覺得論文的作者是一個很能深思熟慮的人，我們將會看到他日後在聲韻學、語言教學、歷史和文學批評上的貢獻……

剩鹿餘生

就這樣，我通過了系主任邀請的兩位大師先後在我教學和研究這兩方面給我的評審，順利地得到了再續約服務三年。而那位日語部的暫聘講師，一來沒得到佐敦教授對他教學的認同，選他課的學生人數一直滯留於過少的困境，加上這三年來，他仍然處於論文搜集資料和寫作的階段，便被系主任無情地解雇了。跟著，系主任就聘用了一位尚未完成博士學位的日籍老師鷗三木先生來負責日本語言全部課程的發展。

在高等學府裏任教的新丁，就恍如一隻雛鹿，走進了隱藏著無數恐慌因子的樹林，危機若隱若現，人性疏懶的誘因和現實的殘酷共存。學府裏面的關卡就如森林中的污澤，不是每隻雛鹿都可以順利地跨躲的，一旦泥足深陷，就求助無門，即使能幸運地抽身而退，前路仍屬茫茫。

難免其中有人會想，我們單憑從事教育的誠信態度，置諸行動，是否可以清除這些存在於高等學府裏人為的沼澤呢？

大學每學年的十一月，秋季開學了才兩個月，新聘的暫准講師或是助理教授還在適應大學的營運之時，大學的管理階層、人事部和會計部，已經開始為下一學年的開支撥款籌謀，對於教職員人手的增減，所有部門都得呈上相應的充分理據以供評核。

也就在這個時候，宜州的狩獵季節也開始了。

聯邦農林部的宜州分署，六月中旬就和宜州大學所屬的祖安深郡裏的國家自然生態資源部門、護衛野生動物組織、郡縣幾個農戶團體代表，並且邀請了宜州州立大學生物系的任志光教授作顧問，一起人開了好幾次會議，商討如何去解決控制鹿兒牲口繁殖過多的問題。

祖安深郡的鄧立先生針對問題，發表他的意見，認為要解決的話，不光只是殺鹿那麼簡單，更要兼顧到如何去保護好公園的植物和鄰近的農地。

華盛頓郡發言人報告，自從該郡實施特准延長狩獵季

節，兩年以來，殺鹿熱點大嶺湖區從 1990-91 年的 242 隻生存的牲口數目，到了 1992-93 年，減至 89 隻，本年到目前，又已回升到 132 隻，該郡正在考慮本年秋與明年春之間，增加一次特准的狩獵。

農業部的談遜先生說這三年來有十二個農場申訴他們的玉米田給鹿兒損害了百分之三十以上。他又鄭重地提點大家，目前除了用屠獵的措施來控制鹿兒的超繁殖以外，其他的方法似乎都沒有效果，比方說，百分之九十的鹿兒被設阱捕獲後，移放於鹿兒不熟悉的環境，都會趨向自然死亡，或是讓公路上行駛的車輛輾斃。另外，使用生育控制的法子，至今仍然不樂觀。

宜州大學動物聯協會的會長葛麗絲認為農林署的屠獵措置，只不過個不費腦筋的速決舉動，一直只是極力鼓吹狩獵主張，對控制鹿兒的過度繁殖毫無貢獻；特別其中竟然容許獵戶用大量的弓箭射殺母鹿，簡直毫無人性。護衛野生動物組織發言人朱莉亞狠狠地說這是最殘忍、最不講人道的法子去殘害野生動物，要求大會認真考慮推廣採用避孕藥混和在給鹿兒吃的飼料的辦法，來控制鹿兒的繁殖率。葛、朱兩位女士一致認為農林署更應當在發出弓箭屠獵執照之前，嚴格地要求這類獵戶接受射擊準確度的考試，只准許給能百發百命中鹿兒要害的獵人批發行獵執照，而且每年只發出有限度的數量；她們兩人認為眼前批發執照的程序，顯然過於疏忽，獵戶只要在狩獵季

節前參加一個開導會議，隨著報讀兩個小時的獵戶教育課，便會得到批准弓箭屠獵，是太兒嬉的措置。

葛麗絲更指出，據她與肯德公園工作人員談話的總結，鹿兒並沒給公園植物帶來嚴重的損害，問題多半出於附近的農戶給公園管理處施壓而引起輿論罷了；她鄭重地說，強勢的輿論，不一定是公平的輿論。最後，她建議委員會應當外聘一個專業考察團，作更多實地觀察和研究，不能過速地決定屠獵是唯一有效的法子。

於此同時，華盛頓郡地方法院正在聆訊一宗農林署提控三十六歲的獵人朴武德非法射殺一頭公鹿的案件。粗悍的朴武德，承認那次殺鹿，取肉只是次要，目的乃在取得鹿頭上那副特大的鹿角。專家看過，認為這鹿角屬於「世界級」的，到當前為止，名列美國第三大，價值不菲。

朴武德在法庭上，振振有詞，理直氣壯地說，他是在政府批准箭殺獵鹿的期間內，用弓箭行獵而獲得那頭公鹿的，他並沒用獵槍射殺目的物，他行獵的地點，也是法律容許的華盛頓郡的郊野，所以並沒犯法。

在證人席上，他詳述了他殺鹿的過程：他使用弓箭射獵已經有十五年的經驗。那天，他在克葩察農場的樹叢看見了那頭很大的公鹿後，他悄不作聲，讓公鹿走近差不多十五到二十碼的時候，他發射一箭，直插進鹿兒的喉頭。鹿兒中了箭，像是受了驚嚇一樣，一時間不動地站著，但是很快就恢復警覺

和平衡，帶著插在脖子上的箭，開始跑動。他馬上又發射了一箭，直穿鹿兒的心肺部位，箭越胸腔而出。只見這頭鹿兒身上兩處要害中了箭，仍然企求生存，直跑進樹叢去了。

這件殺鹿取角的事鬧到官方介入，是因為有人向農林署報信，說有個沒持合法牌照製造動物標本的人，揚言收到一副巨大的鹿角，正在製作標本……。經過警方一番調查，結果鬧上法庭了。

農林署的獸醫官驗查被殺的公鹿頸部，認為鹿兒喉頭中箭的重創，是鹿兒死後假造的，因為那個部位沒有足夠的血跡，去證實那是鹿兒的重傷要害處後大量失血而死的。

鹿兒，殺，還是不殺，對一隻智能有限的動物來說，生死之間，就不過全憑高高在上的人類那一瞬之念而已。

對於傳統的佛教徒，殺生固然是禁忌，可對一般食肉的人，也許就只能用「君子遠庖廚」的心態活下去罷了。實際上，多半與庖丁不同一門職業為生的人們，自然也應當心安理得了，不是麼！

宜州祖安深郡與華盛頓郡處理鹿兒超繁殖的事情，在會議中的爭辯，哪能那麼容易妥協，農戶大都是粗豪壯漢，有一兩個竟就拍案呼罵起來了。這種情況，在宜州大學一般的會議上是不會出現的，只見楚楚衣冠人形，表面上盡量做到彬彬有禮；至於內心或如禽獸的真相，只有到了迫在眉睫或非出下策不可時，才無法不露出另一種面目而已。學府政治那些私底下

的陰險與奸佞，層出不窮，事非經過，也不容易描繪。初入行的新丁，可能會發誓，認為那樣的情況與行為是絕不會出現在高等教育學府的。

華盛頓郡的殺鹿熱點大嶺湖區，是我和妻曾經在林華表初到宜州大學不久後一起遊覽的地方。

在秋高氣爽的一天，妻與我帶上了在家準備好的滷牛肉三文治和核桃紅甜椒生菜沙拉、裝好冰水和冷飲，開車到湖邊，邊吃邊聊，時間過得很寫意。這也是我們教會鼓勵教友對新來的中國學生做出的友誼活動之一，企圖消解他們一般都有的鄉愁和遙思。回程時，在我家後院的沙籠屋子坐了好一會兒，林華表看到後院連著的一片草原上有三隻大小不一樣的鹿兒悠閒地在呲著草，曾經感嘆地說他居然能看到野生的動物這樣平靜無憂地出現在眼前。

妻帶笑地告訴他，法定的狩獵季節來臨時，很多獵戶都到郊外來了，不少的鹿兒為了躲避他們，都逃到我們家這個後院來。草坪三面的邊緣，長著比較高的野草，好幾處都給壓平了，是鹿兒夜宿的痕跡。

「你們家裏有槍嗎？」他忽然這樣問。

「不。不。我們不殺鹿。」妻連忙回答。

「啊。我不是這個意思。你們家住在離城那麼遠的郊區，不覺得家裏要有一把槍什麼的作為防身之用嗎？」

「這兒的人和治安都很好，警長就住在附近，我們一直沒

覺得有什麼不安全的憂慮。你在大學附近住久了，也會感到很好的。」妻很溫婉地回答。

妻是心理學的博士，在大學醫院對病人心理評估部門工作，比我繁忙，往往周末也得當值，平日裏也只有下班後回家才見得著。也許是因為她的專業關係，培養出一副溫柔平靜的動態，說話尤其令人感到親切，跟我的木訥大相逕庭，因此很多時候工餘或周末的社交聚會，邀請她參與的頗多，我非迫不得已才跟著她出席一回半回的，她的同事也習慣沒看見我這號人物了。

我沒參加的社交聚會，妻回來後，偶爾會說聽到某人甚麼甚麼的，或是大學可能將會有怎麼樣的動態，諸如此類，聽得多了，真希望電話響，可以藉故走開；但是也往往暗地裏想，我多年來其實沒有給過任勞任怨的妻多少幸福的時光，更欠給她輕鬆的話題，因此就坐著做個良好的聆聽者，讓她說個痛快。有一樣，我最敬重她的，就是在閒聊時，她絕對遵守醫生和病人之間的關係，不會涉及病人私隱，連工作上的難題，也不跟我提及，也許是因為我對醫學院的人事非常隔膜和不上心的緣故吧。

以後一些日子，我倆的大孩子從外城回來過節，我們都邀請林華表和他喜歡的朋友到家裏來，只是他從來都沒有跟任何同學或朋友結伴來過。看來他是個對社交有點羞怯的年輕人，只有他放鬆了，話題對號了，我看見，他也會滔滔不

絕的。

當林華表告訴我們，他的博導暑期要去倫敦參加一個物理學術研討會，並且從幾個研究生中只選帶了他同行，我們都看到他容光煥發的神采，那已經是他在宜州大學物理系研究院第四年了。三年來他在眾多的研究生裏，實驗報告和考試成績都每每名列前茅，並且我們也知道他每天一大早就回到物理大樓，除了修課以外，就呆在實驗室一直到夜深才回家。這樣的勤懇態度，系裏的教授都十分欣賞。他已經通過了攻讀博士學位的第一次論文提綱審核考試，考試的成績，竟是多年來宜州大學物理系所有研究生中得分最高的記錄，令師生側目。試後，林華表便正式專注於「宇宙之間等離子體存在的問題」這個專題的探究。

好的事情，為什麼也免不了缺陷？

自從跟博導參加了倫敦的物理學術研討會回來後，一個周末，他來看我們的時候，告訴我他明顯地感到博導跟他的關係好像出了些問題，對他顯得冷冷的，有的時候還會推說沒有時間跟他會面商討論文。他委屈地說過，不知道是否在倫敦的研討會後，他並沒跟隨博導回到宜州在實驗室工作的緣故；尤有甚者，他曾經告訴博導，想趁著已經在外國的機會，到歐洲幾個國家觀光，雖然不是工作，也算是文化教育的寶貴經驗，他還舉出孔子說「讀萬卷書，不如行萬里路」的看法。

那時，博導稍有微言，對他說，他目前拿的是研究助理

身份的助學金，合同說得清楚，暑假也是工作的時間，如果有特別不上班的要求，必得提前申請，這也是一般研究員的通式規矩。勸他還是回宜州，把他倆合作的那篇論文的實驗理據整理出來，以免誤了學刊截稿的日期。林華表最後還是選擇了歐遊好幾個禮拜。

華表還提到一件事，說他們系去年收了一位從德州大學轉過來唸博士的韓國學生申哲厚。德州大學是全美國第三大的高等學府，一度曾經是全男生的軍人學校，後來發展為一所科學專業的大學，以理論物理為主；申哲厚在那兒成績非常好，並且對太空物理興趣日漸濃厚。轉學宜州大學後，成績跟林華表不相上下，與系裏的教授和同學都有交流，所以很受師生們歡迎。林華表覺得過去教授和同學們對他的欣賞漸漸地轉移到申哲厚身上去了。纏繞不去的擔心開始侵捏著他，常常在學生群裏聽到的謠言，令他感到恐怕未來的三年內，他必得完成的論文可能會受到阻延或被過份挑剔。

莫把真心空計較

我默默無言地看著他，聽著他說這一切，心裏不知道是憐憫還是同情。因為他的傾訴令我不自覺地聯想到自己當年親

身經歷過的博士生與博導之間那不足為人道的微妙關係，感到一股輕微的惆悵。

　　那年，我通過了博士資格和論文提綱的評審，獎助學金也就在那個學年停發了。我正式日以繼夜地開始搜集研究資料，同時也為了尋覓工作崗位，不停地往各大學發出求職信。非常幸運地，竟然獲得紐約州立大學一所分校約我面談後，讓我簽了三年的代課合同。面試我的是原任的胡教授，她停薪留職，請了三年休假，參加了世界和平團的義務工作，到非洲一個貧窮地區為他們創辦兒童和成年人基本教育課程，幫助他們建立了書寫文字系統，編製課本。胡教授如此捨己為人的精神為教育服務，讓我內心按不住地震撼起來了。

　　胡教授是名校哥倫比亞大學教育系課程發展專業的博士，從事教育工作多年，把學生的培訓一直都放在第一位，辦公室門為學生和同事們常開；教課以外，常常在學術專刊發表論文，頻頻出席國內外的研討會，在教育這行業裏，享有盛名，但從不恃才傲物，待人溫文和藹。在胡教授出國前，我們有幾個月接觸的機會，讓我向她討教教學上碰到不少的疑難處，她都不厭其煩地跟我商討；我也從她那兒得到了不少有關我的博士論文下筆進展的層次和章節的安排等的寶貴指點。她出國在和平團服務的三年裏，無論郵遞往來的時間多麼漫長，我們都積極地保持聯繫，她是我日後在教育界服務的年月裏，永遠最敬重的屈指可數的學者之一。

鑒於每周授三門課，我的工作量不輕，而且是第一年正式獨當一面地在大學裏任教，我絕對不敢在備課和授課上省力。我以胡教授為榜樣，課後，打開大門讓學生隨時進來見我做課餘指導、自己備課、和批改作業。我規定了自己在所有人都下班以後，獨自留在辦公室寫博士論文，要是寫不出一頁，我強迫自己不回家。是這樣的堅持，我在一年半的時間裏，寫出了整篇論文的初稿。經過數度自己認為嚴謹的修改和增刪，便興奮地把完成了的初稿，用郵政掛號呈寄給我在維州大學的博導審閱。

　　此後的四五年間，苦心的等待，也只不過換來書信和幾個電話的短談，我的論文，就是那樣地被擱置了，四五年啊，不算短吧！

　　忽然，近乎奇跡的事出現了。有一天，博導來了個電話，說維大本系有個助教的崗位，問我是否願意擔綱。我考慮了兩天，心感難得博導想到我，又可能趁著當助教期間，把博士論文這件對我來說是比天大的事了結，於是做了當時認為是最好的決定。接著也就辦了辭退在紐約市立大學賈邁科分校這份半職的工作，秋季開學就回到維州大學去。

　　在維大當助教那段期間，博導跟我的見面時間多了些，做了三次的面談，最後那次，給了我一個像是「女媧煉石補天」那麼大的一個建議，的確撞開了我一廂情願自以為是、認為我論文的研究和推論方法既新穎且無瑕的朦朧心態，使我一

下子恍然大悟；薑，自然應當是愈老的愈辣，我信了。也感恩博導改變了心態。

　　如果不補上這一塊，論文的推論便會變得殘缺，會給學者和分析家們攻擊得體無完膚。可這一來，這塊石頭要煉成去補天，要費的功夫可不少，若是早幾年我在紐約州立大學任教的時候給我提出了，不但那兒大學有個完整的電腦設備，且有一個雲集統計學專家的學系讓我去請教，也許一年的時間可能會「把石煉成」。當下，只好硬著頭皮，日以繼夜，能做多少就做多少。

　　我一向認為，一個教育工作者應有的規範，除了不言而喻的恆常的、理智的言行之外，一個老師身體力行的日常操作，在那些有志於學問追求和終生從事教育工作者的眼裏，自會裁判好壞。也許我自庭訓開始，與先父對我們責任感的培育不遺餘力有關。先父早年從政，有一段時光頗為顯赫，只是在我成長的日子，家道已經中落，我讀書求學，都經歷過一段頗為艱辛的時光。四年大學，都在全職工作，之所以能如此，全憑當年本科的系主任，把必修的課，盡量安排在我和幾個不需要工作的周日上午和周六。這樣的教授，除了他自己有高深的專業學問外，還有一顆真誠為教育服務去培養莘莘學子的心和助人的古道熱腸，他的治學和待人處事，是我後來讀書教學的楷模，他就是我最感謝的恩師。我工作的態度，教學的真誠，啟蒙於恩師，薪火相傳，故而能一直篾視教育界的莠者。

教育界的莠者，我在唸師資培訓的學院裏就有，在我唸四年大學的學府裏也無法不讀一位莠師的必修課，到了我在宜州大學當上了暫聘講師直到晉升為副教授那段工作的歲月裏，碰到的莠者又多了好些，簡直讓我領悟到原來高等學府這個教育場所，這些莠者的作為，是可以令人透不過氣來的。莫瑞和白慶餘就是其中的表表者。我心裏很澄明，我批判的是一些從事教育工作者那種敗德的心態與行為，與他們離開這神聖工作環境時間外的個人生活，完全是兩回事。

　　我不信命運，但頗信種種的際遇，與宇宙共存，都不能怪之於命運的安排或是命中注定，算是生活中恆存的因緣巧合，使人群間總會有良莠不齊的碰撞。幸而可振奮的，是因為每個行業裏實在存在著不少良好的表表者。是故緣聚緣散，也不過是本來無一物的煙浮灰沉的演繹罷了。

　　我那麼誠信教育本應是純良無瑕的園地，卻阻擋不了懶散的園丁會在那兒工作，阻擋不了辣手摧花者對花圃任性的殘害；就是在如此無奈的環境中，我無辜地陷身於白慶餘和莫瑞多年來構成的穢澤中浮游和求存；可悲、可惜、可嘆、更是揪心的可恨。

　　自從猶太裔的陸教授辭去東方語文系系主任一職，轉到東部一所私立的、規模比較小的大學當文學院的院長後，東方語文系的教授們開了個會議，決定讓中、日、和印度三個單位的教授，輪著去負責系主任一職，任期為三年，期間，每學年

只教一門課，免去必須做研究的要求；那位從政治系晉升為文學院院長的魯教授居然同意了東方語文系教授們的建議。先是中文的白慶餘擔任三年的系主任職位，他還算循規蹈矩地混了三年，一學年只教一門課，除了系會和與院長論事外，其餘的時間，都關上門，凡人莫問。

那三年中，日文單位得到院長的同意，徵聘兩位助理教授，白慶餘委任了他的老友莫瑞擔當遴選委員會的負責人。

莫瑞的辦事能力，白慶餘和她共事多年，怎能不知道，可能他也覺得莫瑞掛著個副教授的名銜，但什麼行政經驗都沒有，便給了她這個重要的責任試試吧。

當上了聘用兩位日文助理教授的遴選委員會的主席，責任不輕，閱歷也得深廣，心態更要客觀和慎重，因為芸芸眾生的應聘者，專業又都不是自己熟悉的，一不小心或大意，就落得個濫竽充數的醜名。當然，以莫瑞在大學任教那麼久，稍為用心的話，耳濡目染，對於教授的聘用的步驟，總會有多少印象的吧。

我既然已經是系裏的教授，順理成章地也是遴選委員會的成員，所以凡是從莫瑞那兒傳過來日語單位申請教職的信和履歷，我也必得看後，加上我的意見和評語。在眾申請者中，最後選出三位到宜州大學面試，其中一位是我維州研究院東亞語文系日語部的前畢業博士生，我並不認識他，另外一位是康州大學日語部畢業的，在耶魯大學任教了六年後，便被革職

了；莫瑞和白慶餘對此人投的是贊成聘任的票，教梵文的那位正教授棄權，唯我一個人反對。反對的理由很簡單，其一是從他在耶魯大學的教學評審文件看到的評語，都說他教學步驟沒有組織，過程散漫，上課時學生與學生、老師與學生等之間的交流氣氛十分浮游，說他是個「沒有教學法的老師」。其二，他並沒有發表過學術性的論文，只不過參加了三次學術會議，並沒宣讀論文。因此在教學與研究兩方面都很平凡。其三，我沒法直說的，只能爛在在心裏的，就是在他的求職信中，帶著不少討好和諂媚莫瑞的話語、並且低下地請莫瑞同情他給耶魯大學革職，事實是因為耶魯大學的習慣是不會續任助理教授的。這樣一封毫無職業水準的求職信，真讓我大開眼界，也許算是我主觀了點吧。無論如何，這個瘦臉窄肩不斷抽煙的洛爾納最終也就成了我的同事。

其實，在遴選委員中，也會有心態詭奸者存在的。正常人的處理，是為了校方與系方的名譽著想的，他們就應當挑選最強的或者比自己更優秀的候選人；可令人嘆息的是，有委員往往找出似是實非的藉口，看到履歷比自己強的申請者，完全撇在一旁，暫時不深看；在找出肯定比自己弱或更弱的申請者，便笑逐顏開地把他們放在候選者的第一位，高調地強調如此做的原因是要給系裏的現任同事留空間作為晉升的機會。這樣一來，自己就能堂而皇之地鞏固了自己比新人更高的位置，又可以操縱職位比自己低一等的同事。這種骯髒不恥的行為，

在高等學府裏屢見不爽，所以，這些教育界莠者也不怕別人洞悉，日子還是照樣厚顏地過。這就是我觀察到的莫瑞的職業心態。

莫瑞一向對我頗為客氣，偶然在一起碰到外系的教授，她都會告訴別人我在系裏如何如何地受到學生的歡迎和推舉。表面上看來讓人覺得她是個客觀愛才的人，其實，我總是覺得那是一種虛偽和機心，隱藏了嫉妒與排斥，是一種極端的矛盾意識。我在用虛以委蛇的態度去應付她的當兒，隱隱也感覺到，她那股被自己用強勢壓住的無奈，一旦爆發，會如黃石公園的地下噴泉一般，直衝太陽的光芒，水花遍空，仍帶著彩虹的泛濫，掩人耳目。

有一天，我剛剛下課，進到辦公室，文件還沒放下，她匆匆地跑進來，讓我立刻幫忙去聽一個從北京打來的電話。這個電話，原是打到秘書歐尼那兒去的，是跟宜州大學三位在北京大學對外漢語部門學習的學生有關的。歐尼不知道莫瑞這位人人以為是個漢語了得的美國所謂漢學家的漢語水平，連個中國三年級的學生都比不上，就把電話轉線到莫瑞的辦事處。這情況，與我修博士課程的時候，曾經為好幾個唸亞洲語文的美國博士生，在他們的論文上須要寫上漢字的部分，給他們專心地手寫了長長短短的漢字或詩文，是不同的。因為那時還沒有拼音輸入法，我那樣做，是遵從我博導的要求，也是合規矩的過程。莫瑞當然可以向白慶餘求助，可能是礙於面子或是羞於

啟齒的緣故，寧願讓我這個比她進入行業較晚的同事幫忙比較自然些吧。

比這個事故令我更尷尬的，就是那年莫瑞獲准了帶薪休假一個學期去做研究，請了一位從匹茲堡大學休假的華裔助理教授荀博士過來代課。有一個下午，我須要處理太多語文課程的瑣事，下班後只好留下工作，因為這層樓辦事的人員和教授全都走了，我並沒關上門；聽到腳步聲，一看原來是荀博士夾著一小疊的文件，像是剛下課走回她用著的莫瑞的辦公室；再過片刻，荀博士輕輕地敲我的門，說能不能進來跟我討論一兩個文學上的小問題。

我在宜州大學工作的這些年，除了自己在文學的範疇內做研究以外，差不多沒人可以談談有關中國文學閱讀和研究的心得和文學作品的分析與探討。荀博士不但年輕，而且很有獨立的見解，我們相談甚歡。

說話時，荀博士輕輕地把面前剩下的發給學生的講義無意地一推，翻出一頁，說剛剛在比較文學的一節課討論到中國女性的地位，以《紅樓夢》和《鏡花緣》裏的代表女性薛寶釵和上官婉兒引出討論；她說，這是莫瑞指定讓她用的講義，我看看紙上手書的漢字，寫的是「孽」寶釵、上「宮」婉兒和《鏡花「綠」》，再看下去，看到了吳敬「倖」的《儒林外史》。這漢學家教授的字倒是寫得不錯，可惜犯了字型混肴之弊。荀博士跟我相視，作了會心的一笑。其實沒什麼可怪的，英語不是

母語的外國人用英文字詞，犯相似的錯誤亦不罕見。

有一次我去聽莫瑞在比較文學單位一個公開的學術講演，內容仍是以中國女性如何地受到輕視和壓迫為題，在講場發出了一頁簡單的講題重心，講時提到了中國女性喪夫之時，在啍文末尾署名時只能自稱「未亡人」，她說這是表示著「我還沒死呢」的語氣，像在宣佈「該死的是我而不是我丈夫」的意思。那時我看到有幾個女教授和女學生做出搖頭生氣的模樣，只有我，暗呼「蒼天在上」。這種誤解之毒，恆久以前從某些傳教士開始，蔓延至廿一世紀，可見仍然方興未艾呢。

另外一次，一位中國大陸的中文系教授，給她來了一封短信，推薦一個學生到宜州大學的東方語文系唸碩士學位，信上有一句很簡單的話，說：「……XX 君本係陝西師範本科生，二年級時轉學至北師大完成學士學位……」莫瑞過來問我，為什麼那位中國教授竟然錯誤地用了「係」字而沒用「系」字。我只好背了良心，謊說可能是拼音輸入時失誤按錯了鍵選錯了字了。

當我的學生司凱德獲頒碩士學位那天，他到我辦公室來謝謝我這兩年來對他在語文上的教導和中國文化的輔導時，他說：

「應教授，感謝的話說過不少了；有一件事藏在心裏，現在我畢業了，今天非得告訴你，減輕心裏的負擔，可以嗎？」

「當然，你是我最好的學生，也是我的朋友，沒什麼話不

可以説的。」

「你還記得我第一天跟你見面的情形嗎？」

「記得，那是兩年前暑期的一天，系裏除了我和秘書，沒有人上班，是嗎？」

「對。其實那天我是忍者一肚子的氣，要向你發泄的」。他說時是帶著笑容的，可一向說話理直氣壯，是他個人的習慣。

「有這樣的事？說來聽聽。」我覺得驚訝。

司凱德是個農人，三十二歲，住在距離大學城的南方五十英里左右，路途轉接彎曲，不少的路都不是柏油路，開車到大學來上課。天氣好的時候，單程大概也要一個小時十五分鐘。寒冬之時，冰雪鋪路，往往要九十分鐘以上。一個已經成家立室的農夫，會來唸中文碩士，令我感動和興奮。

「其實，那天以前，」他繼續說，「我到東亞語文系來過兩次，第一次秘書歐尼讓我見了莫瑞教授，莫教授因為我對語文有興趣，告訴我應當見應儒河教授，順便就給我約了某一天見面的時間。我按照她給我的時間來了，等了很久，你竟然沒來，我去問了秘書歐尼，她說莫瑞教授告訴她約定的時間不是我到來的那天，而是兩周後的禮拜三。我那天還在嘀咕，不知道應教授是個什麼樣的糊塗人呢！」

我啞然。

事情的經過其實跟司凱德說的不太一樣：我的確收到了

莫瑞的字條，説某月某日某時，一位學生要跟我談談入學研讀東方語文碩士學位有關語文修習的事。我按照字條，把日子都寫在案曆上了，算起來日期比莫瑞因給司凱德的日期還早了兩個禮拜，那天我早來了三個小時，在辦公室裏工作，等到秘書要下班了，並沒見到司凱德出現，我心裏還覺得不愉快呢。

司凱德忍了兩年之後才跟我説出這件事，也許是美國人的性格吧，難為他了。事情不是大事，但是讓一個無辜的農夫開車兩次來回共六個小時而失望離開，只有沒責任感的人，才不放在心上的吧！？我從來就相信，人往往在小事情上不自覺地表露出最真實的自己，見微知著，是句名言。我遇到過像莫瑞這樣的人，為數不菲，故此也讓我鍛煉出一套容人的本領，若非某人要踐踏到我的頭上來，我是頗能一笑置之的。我非造物者，造物者對人類的包容，是何等地寬恕，有如塵埃一般渺小的我，只是個平凡的、有七情六慾的個體罷了。何況，土語就説了：如來佛祖都會有生氣的時候；更何況凡人。

莫瑞犯了更荒謬的誤事，自然不少，有一兩件跟學生的學業有關，令我近乎震懾：

其一 一位來自中國大陸的女研究生，從學於莫瑞，碩士論文的要求只是把台灣名作家的一篇小説〈夜行貨車〉翻譯成英文。她的翻譯裏面的錯誤固然不少，但最可笑的就是把書中角色之一那位華人那「棕黑的眼睛」翻成英語「深藍的眼睛」；就算莫瑞不能讀小説的原文，也該得反省自問，她作為碩導，

曾否認真地讀過那位學生的英語翻譯？如果讀過，為什麼沒想到竟然有藍色眼睛的漢人？更遑論她是否知道她的責任是嚴肅地站在神聖的教育工作者的立場去批閱一篇碩士論文了。

論文答辯的前兩天，我向這位女學生暗示：她的碩導確定能出席主持那個評核會議否，她說應當沒有問題的，因為她們兩人前天才談到這件事。可是，答辯會的那天，我、白慶餘、還有岑教授和那位碩士學生坐在評審室內等了半個小時，並沒見莫瑞出席；岑教授拍案拂袖，二話不說就走了，白慶餘說，要到秘書處讓歐尼打個電話查詢一下。歐尼回報說，莫瑞來不了了，她在家裏等消防局的來人，大家嚇了一跳，以為她的房子著火了。原來不是的。是她家裏的貓兒跑進了牆壁裏的空隙，沒法把牠弄出來，就報了消防局求援了。

如果這不算是玩貓膩的小事，請君繼續讀下去：

其二‧有一位台灣來的女研究生以研究張愛玲為題寫了一篇碩士論文。東方語文系文學碩士的論文，一般都先讓碩導莫瑞閱讀批審過和修正後，才讓中文系的教授包括白慶餘和我審閱的，而岑教授早已拒絕了參與這類的事。

系裏的同事都知道，歷年來，白慶餘都以自己的專業並非文學為由，看也不看就簽字了。唯獨我，文學和語言教學都是我的專業，便成了這類似是而非的研究生的眼中釘，既討厭又畏懼，因為不易過我這一關。這位女同學的論文，任何人一讀，就應當發覺她的英語水平，文中前後兩半的文句結構和表

達方式，相差極遠。前半部一看就知道她是自己翻譯了一些材料而寫成的，句子平淡無彩，結構簡單；可論文後半部功力深厚，遣詞用字絕不一般。我看著熟悉，想起是出自哈佛大學東亞語文系鄭教授對張愛玲研究的一篇很重要的論文；女同學膽子夠大，一字不易地搬字過紙，抄襲下來，莫瑞作為碩導，毫不猶豫地通過了。如此處理，要不就是她讀過論文的前半部，覺得寫得太糟了，下半部就不用看了，讓我和白慶餘去宰割算了；要不然怎麼沒能覺察出前後半語文水平相差遠到那個程度呢？當然，另一個事實，就是莫瑞根本完全不知道哈佛大學那位鄭教授的文章。我在沉重的憤怒情緒中，看到莫瑞，就不能不想起自己唸研究院時的不快。這樣的人，竟然在高等學府裏呆下來，可見大學的行政架構與運作，是何等地漏洞百出，藏污納垢，讓這種教育界莠者領著不算少的薪水過著無憂無慮的日子。

我的專業是用科學的統計分析法去研究作者文章風格差異的，對於不同作者遣詞用字的習慣所造成的個別風格特別有興趣和敏感，評判這位女同學論文前後兩半英語水平差異之大，一眼就可判定她的論文後半部並非出自她的手筆。

鱷魚的眼淚

不久，系主任的職位，輪到莫瑞來當了。如果她覺得這是飛上枝頭的話，也只有她這樣一個中文系的教授不明白把自己當作鳳凰來看這個成語的真意罷了。

我覺得，文學院的魯院長對這個系向來都是輕視的，他同意在系裏輪換同事去當上東方語文系系主任一職，大概是基於他認為這是個苟延殘喘的單位，很快就會解體，不如就讓其自生自滅好了。可那個日子，什麼時候到頭了呢？屆時，我們這些教授，又將如何？我心裏禁不住想著這倒是個可能發生的事件啊。

莫瑞令我看到她驚人的變化，就是她當上系主任後由她主持的系務會議，每次都按時出席，會議上的討論項目，也算得中規中矩。不過在誇張跟院長會面時表示她很有主見的時候，常常用了在這段時間發展出來的口頭禪：「我非如此做不可」，來加強她那一副可憐的「奮身救系」的神貌，以博取大家的同情和佩服。偶爾，甚至連我都差不多失去了冷靜而意志動搖起來，陷進了我的弱觀去評價她。

可是，故態復萌是人的天性吧。有一次，她邀請了芝加哥大學一位享有盛名的文學批評家利教授來宜州大學講演，演講廳裏都坐滿了文學專業的教授和學生們，過了講演開始的時

間二十五分鐘，仍然沒見莫瑞這位主持人來歡迎和介紹講者，我跟利教授在研討會上見過幾次面，所以覺得非常尷尬；利教授最後忍不住了，問我能不能取替莫瑞去介紹他。我心裏著實不想，因為覺得會使器量心胸極其狹窄的莫瑞不諒解，以為我要搶她的光；但是利教授說他還要準時到飛機場趕著回去芝加哥，我只好勉為其難地盡我所能給利教授做了個簡介，講演就開始了。那天，莫瑞遲到了四十五分鐘。

也就是那年初，我榮幸地申請到福特汽車公司基金會一筆獎金，讓我創辦一個訓練班，專門挑選四位在漢語學習成績好、日後對在宜州中學教漢語有興趣的美國學生，在選讀了「對外漢語教學法」後，成績滿意，就會得到宜州大學保送到北京大學專攻漢語學習；一年後回到宜大，再選讀一門「綜合外語教學法」，就可在我教的初級漢語班實習三個月。成績滿意結業後，會被派到宜州幾所中學任教。宜州的教師，薪酬算是不錯的。

在西方，那是個「中國熱」的年頭，宜州大學當局和中文部的學生，都為這個創新的計劃高興。四位學生中，只有一個男生，姓戴，年紀廿六、七了，比其他三個女生成熟些，他們在中國受訓那段時間，莫瑞得到秘書歐尼的通知，北京來了電話，請她接聽。她立馬讓歐尼告訴對方，她會很快就回電的。

我自然就責無旁貸地替莫瑞打電話過去，原來是北大漢

語訓練部門的主任，要向她口頭略略報告半年來四個學生在北大的生活和學習情況，主任只說漢語，這對莫瑞是件很尷尬的事，說什麼也不能硬著頭皮去應付。其實這不過是她自己過於敏感而引致莫須有的羞愧罷了，同事了幾年，對方有多少斤兩，大家心裏有數。那邊的主任，特別提到那位姓戴的男生，說他頗有主張，不太願意接受校園的一些規矩，讓莫瑞給他提個醒，到底他是在中國而不是美國。電話掛斷後，莫瑞有點生氣地看著我，說：

「就知道這個人會鬧事。」

「為什麼這樣說呢？」我感到驚訝。

「因為他曾經選過我的文學課。意見很多，並且常常遲到和缺課。最後還是退了課。」

我一聽，說到點了，所以噤口。誰不知道誰最擅長遲到！

那年，就因為莫瑞職位的改換，她空出了的兩門課，三年以內都會沒人代教，加上白慶餘休假一個學期，中文部就缺了整整一個教授職軌的人手。莫瑞得到文學院院長的批准，從而公開招聘。最後有三位應徵者被邀到宜大面試。

三位候選者中，有一位是在紐約市立大學任教的宸教授。宸教授是一位文學語言都可兼教的女學者，著有《魯迅文學的創作與哲想》一本厚厚的英文學術巨著，在學界獲得公認的好評；第二位是地道的美國白人魏邁克教授，專業是現代文

115

學批評，當時是維州大學暫聘講師，説得一口頗為標準的普通話；第三位是普大剛拿到比較文學博士學位的佟女士，她是以前在法國獲得頒發文學碩士的。三位候選人都來到本系舉辦了文學講座。前面兩位的講演內容充實，表達方式很有條理，聽眾的反應非常熱烈，發問者也不少，尤其以宸教授更為特出。至於樣貌娟好、打扮入時的佟博士，可能是我耳悖的緣故吧，她的講演，我大概有百分之七十根本聽不懂她到底是説英語還是半英語半法語，反正我自認低能就是，可當她講演完了以後，連一個學生都沒提出問題，只有莫瑞自己發問去解窘。

　　後來在遴選委員會的討論中，莫瑞以主席的身份，發言時指出：她調查了宸教授在紐約市立大學最近兩年都帶領學生跟行政高層鬧事，要我們的委員們嚴重注視這一點；魏教授的應徵信裏，向她本人警惕，指名道姓地攻擊一位可能參與應徵的某某女士，説她的論文有一章是抄襲魏教授的博士論文而來的，莫瑞認為這樣在別人背後捅刀是可恥的行為；我還真分不清楚背後捅刀這個詞到底真義是什麼呢，這詞跟揭露真相是同義詞否？難道抄襲別人的文章在宜州大學是認許的作為？我很快地想起莫瑞那位學生抄襲哈佛鄭教授寫的張愛玲的論文，作為碩導的她，竟是懵然不知。而我指出那女同學的抄襲行為，也許就算是背後捅刀了吧！

　　為了免得引狼入室，莫瑞説她會極力反對讓宸、魏兩位這樣的人物踏進宜州大學的東方語文系。作為旁觀者，或者系

裏如果還有明眼人，都知道只有心胸狹窄利己忌才的權力飢渴者，才會如此昧著良心而用上如此下作的手段，寧濫勿缺，挑了一個永遠超不過她的人來壓在手下過著所謂的「職業日子」罷了。

我前後兩次在遴選委員會投的反對票，相信已經讓我在系裏起碼三個同事（包括莫瑞）的心裏，播下了一粒揪心的種子。其實，自從那位人見人厭的陸教授辭去系主任一職到東岸一所小大學當上文學院的院長後，我開始對系裏的群龍無首的現象感到失落，那種感覺，我在紐約長島一所紐約州立大學分校那份第一次負起全責教學的工作時非常相同。

那不是個系，而是一個組合，這個組合包括了一些社會學的課、婦女研習、自然科學、漢語學習、一些教育原理課、中西文化比較等等的課程，兼合起來，學生修滿了學士學位要求的學分，也就得到頒發的學位。可這個學位可以說什麼專業都不是，奇怪不？那時，系主任是社會學的一位男教授，我剛獲得第一份教職，對於大學講師或教授除了教書以外還得做什麼，真的不甚了解，就知道那位系主任一兩個禮拜大家都可能看不到他一次。同事之間，也都是三三兩兩地站邊，平日只有在偶爾的系務會議裏才真正看到這個組合到底有誰和誰。大家有什麼事，就都去找那位年輕漂亮的女秘書卡羅蘭。我一個新人，也看到她趾高氣揚，權力至大，同事們對她不是遷就，就是近乎諂媚，盡力討好。不止一次，有教授出外吃中飯，卡羅

蘭就毫不客氣地讓他們給她帶外賣回來。另外，搬電腦或打印機裝著紙張的箱子，她覺得比較笨重，也會叫男教授給她做。一位不喜歡她的女同事閒聊的時候告訴我，卡羅蘭都看不起我們這個組合的男教授，她很願意被調動到醫學院去，希望能接觸到些名醫云云。所以，那時候我對事業上感到的興奮和快樂，也真正只有站到課堂裏上課時才體驗得到。

沒想到經歷了好幾年，到了宜州大學，一兩年之間，我以前那種失落感又再重現了。

我在宜州的東方語文系，最快樂的時光，除了站到課堂講課的時候之外，就是課後研寫學術論文和有時間於創作文學。從白慶餘不當系主任一職後，我已經感到一種被孤立起來的壓力，漸漸向我襲來。只是我並不覺得威脅和難過，只知道自己絕對不會是一個教育界的敗類。況且，當前的情況並非眾人皆濁，我只好過著差強人意的日子罷了。宜州大學，在我心中，已經是一根雞肋。我腦子裏常常想起白慶餘、莫瑞、洛爾納、佟蓮、羅根拓他們那幾個像是寄生蟲在罐子裏蠕動般的影子，使我毛髮悚然。我持續地希望不知什麼時候，會突然來了一隻野山雞，把這些蛀蟲慢慢地半啄半啄地吞了，讓它們爛在雞肚腸子裏。

生活啊，還得如常地過下去。

其實在獲得終身教職之前，我是有一個機會轉到宜州一所頗為有名的四年制私立大學去任教的。那所大學，曾經派了

一位法語系的教授到宜州大學跟我接觸，邀請我為他們的大學設計一個自我學習漢語的課程：先讓我在那兒辦一個為期四周面授初級漢語的課，給學生打個底；第五周開始，學生們就開始帶著課本到該校的語言實驗室聽我給他們推薦的錄音帶學習，每周在課文中選出三段的對話，錄了帶子，交給法語系那位教授，讓他負責把帶子轉給我評審，糾正發音和加上評語，發還給學生。每個月我親自再到該校跟學生見面，測試他們的口語。該校的學生一般都是能得到獎學金攻讀的，是比較優秀的學子。就這樣，一年後校方終於答應撥出一筆可觀的經費，正式招聘一位助理教授擔任漢語和中國文學的課程。

鑒於我已經在宜大申請晉升副教授，自知獲升的機會很高；轉到那所私立大學，他們沒有把一位助理教授聘請過去立馬就是副教授的先例，但答應一年以後就會考慮晉升。為了這個條件，我不敢多加考慮，只好割愛，捨棄轉校的機會。後來想起，固然惋惜，但無謂為此過去的事煞費思量了。人要做決定的時候，往往只有千鈞一髮的時刻。

我教我的書，擔任一些系裏的任務，系務會議從不缺席，也從不遲到早退。唯一跟別人不一樣的，就是我也不太表示意見，盡量不參與討論，凡是要投票的事件，我不隨波逐流，必自求清白。這樣，竟然也惹得莫瑞如熱鍋上的螞蟻，在她最後一年的系主任職位上，妄自尊大地插手到我的語文工作範疇上來了。

事緣我獲得福特汽車基金會頒發那筆款項，讓我創辦了一個訓練美國學生在宜州的中學教漢語計劃，跟著我也得到文學院的批准，讓我在東亞語文系裏增添一位暫聘講師的崗位，比較公平地分擔我過量的授課科目與時間。

　　得到系裏的通過，我邀請了贛北大學的張學文教授過來擔當這份臨時的工作，可以看情況，年續一年地幹下去。雖然這是一條多半不會轉成終身教授的職軌，卻是本系致力於增進兩國學術交流的起點。張教授說得一口標準的普通話，文學著作和發表的論文甚豐，我覺得我們部門只需要全都給他安排教授漢語課，讓他同時觀察和漸漸採取他吸收了對外漢語教學法的實際步驟，他正好提供了讓學生們猶如到了國內學習，面對非說漢語不可的環境，是一種鼓勵正面學習的好機會。

　　我跟張教授合作無間，那兩年學生的反應都很好，學期末的學生對張老師教學評估，可以說全都是正面的。持續選課率比以前都好，新增的學生選我的和他的課，人數創了系裏的紀錄。固然，像莫瑞那樣的中國文學教授，遇上一些中國文學的討論點，可以跟張教授隨時探討，也會給她提供了改進她漢語口語的操作機會。只是，我的想法，是我的一廂情願，相反地，也許會使她感到這是個讓她自露缺點的陷阱吧。

　　令我一直都不明白的，就是打從她跟張教授第一次見面後，往往有時在校園碰見，她會低了頭或者別過臉，故作沒看見，張教授對此頗為介懷，問我知不知道是什麼緣故。我客觀

地看過他授課，看過學生的評估，看過他課後花時間給學生作額外的輔導，處處都符合職業性的規範，所以只好勸他切莫介懷，張教授人很好，談話後，對那事便一笑置之。

張學文任教的第二年，也就是莫瑞最後一年擔當系主任，日本語部門的鷗三木講師，因為來了宜大六年還不能完成他的博士論文，被解雇了。最令人不解的是，三木的檔案裏有一封參考信，是三木平日極其推崇和交好的一位在印第安納大學日語部門的池田正教授寫的，池田也是三木的博士論文的校外顧問。我想，三木的本意，是希望池田給他說上幾句好話，使他能在宜大繼續下去，能留多久就多久。該信的內容，我記得很清楚的是，池田教授認為三木的研究沒有深度，看不到他會有潛質，日後在語文教學的範疇上不能作出什麼貢獻。這句觸目驚心的話，猛然令我又想起莫瑞三年前批評一位申請者在別人背後捅刀子的事，我不禁為三木喊屈；可憐的三木，他是否心裏一片空明，對人心的理解，就如純鹿分不出是獵人還是過路者。

三木的離去，加上中文單位帶薪休假一個學期的佟教授和暫聘的張教授，便造成了三個浮缺職位。莫瑞在一個系務會議上宣佈，魯院長只能答應撥款承擔一位的薪水；這樣的經費縮減，可見文學院的魯院長對我們這個歷年虧本的學系，已經細算過，恐怕是到了下手切割的時候了。

跟著，佟教授更把她的假期延長，申請多加一個不帶薪

水的學期休假，因此，造成人手奇缺的情況。莫瑞和日文兩位副教授商談的結果，只好先補上三木的缺；我覺得佟教授的課，由於學生往往不多於兩三個，而且那兩門課，並非學位範圍的必修科目，我提議停開一年，也對什麼都沒影響。

莫瑞知道系裏學生少，說什麼理由都說服不了工於心計的魯院長，遂硬生生地想出了一個她認為可行的「節流」法子，說是可以幫系裏度過難關。於是，在她常用的口頭禪「我非如此做不可」之下，調動了中文部的人手，把她在比較文學的一個博士生，帶著那邊的助學金，過來中文部任助教，取代張教授一門高級漢語課。張教授其餘的兩門課，因為沒了文學院的薪水承擔，必得靠借用陸教授那個終身教職職軌的半年薪水，莫瑞遂以低薪暫聘一位剛拿到博士的人來教，把原來張教授那暫聘的崗位廢掉了。她強調地說，這樣的安排，系裏的經費就不會受到削減的影響。說得表面唐皇，可明眼人當然可以看到，不就是用上「莫須有」這個藉口，要去外聘一位新人去取代已經在系裏好好地教了兩年的張學文麼？！從所謂的「公平就業機會」這個組織的立場來看這件事，誰是誰非，「公平」應站在誰的身上，其結論就可以讓人們看到這個組織的功效如何了。

日文單位的同事，都覺得系裏這個困境，與他們無關，乾脆採取「那管他人瓦上霜」的態度。更何況那兩個副教授，原本就是當年莫瑞任遴選委員會主席時聘來的，大概覺得理當

認同她的意見。

我為這件事，情緒上也波動著，於是約了張教授到河畔的美琪咖啡館見面談談。那兒氣氛和諧，室內燈光舒柔，客人都相當尊重店主的用心，一般絕無大喊大笑的情況出現。

「應教授，我知道你為了我的事，正在努力地找出公平的安排，我卻沒能盡一分的力量幫忙一些什麼，十分慚愧……」他比我先到，我坐下後，他說。

「學文，你客氣了。應當慚愧的是我，」看著他有點兒侷促，我平靜地跟他說：「不可能發生的和不應當讓你看到的，卻讓你親身經歷著，這宜州大學一個小小的學系裏，其中的人事政治，其醜陋處，盡露猙獰。只是，你是知道的，就是在我和學生們的心裏，對你的評估都是很正面的，這也是我感到莫瑞這種不公平的安排和措置的失誤最反感的地方。」

「我還是不明白，我兢兢業業地工作，上班只有增多時間，給學生下課後到來咨詢的機會也不少。學期末了教學的評估您都看過了，沒有負面的地方，所以我對不續約的決定，感到迷茫，難道這是在美國大學裏很普遍的行為嗎？」學文勉強地帶著笑意說。

「站在誰的立場來看這件事，我覺得人們都應當覺得這是對你不公平的。公平這兩個字，很多時候只是看握在誰的手裏拋出來的，說到底，『公平』猶如一張看來光滑的桌面，底下往往有不少見不得光的交易；但是，我們還是應當抱著正面的

心態去做事和應對不合理的壓力的；我們只能希望，在泱泱大國裏，正直的好人佔了多數罷了。」我歉意地勸慰他。

但我也只能這樣問他：

「你仔細想想，有沒有在什麼場合跟她見面鬧了些不愉快的地方。」

「那是絕對沒有的事。」他有點兒焦急地説：「我們根本可以説只有在系裏碰面時打個招呼而已。在路上遇到的機會很少。」

「很少，就是説還是遇到過，對不對？」

「是的。就有一次，一個叫健妮的女學生請我到他們家吃頓便飯。她和丈夫保羅住在校方為研究生們建造的家庭宿舍，宿舍是兩層的綜合大廈，每層樓的個別單位都是連著的；那個夏末的黃昏，飯後出來時，碰到莫瑞跟一位男士從樓上下來。健妮和保羅就住在那位男士的樓下，因此大家就打了招呼。保羅給我介紹了那位男士，叫駿雄，是個在圖書館學系唸博士的，年紀有四十多吧。健妮一直跟我用漢語交談，倒是無意地把莫瑞給冷落了。是啊，真是無意地把她冷落了。」説到最後，他顯得有點尷尬。

喲！聽他這一説，我就想起我認識這個叫駿雄的。

那是因為我在維州大學唸博士的時候，同時為了增加找到工作的機會，趁著獎學金還有一年才到期，我趕命似地修讀了圖書館學的好幾門功課，就差兩門，沒趕得上選，就已經在

紐約州立大學找到一份暫聘的職位，因此就離開了維州上紐約去了。

後來在宜州大學的暫聘職位的第一年我就完成了博士論文；眼看只要修完兩門圖書館系的課，就可以獲得圖書館碩士的學位，放棄這個懸在眼前尚未到手的學位，心裏實在不捨，因此趁著暑期，就在宜州大學的圖書館系，選了兩門維州大學認許的課，修畢把學分轉過去，配合我在那兒選了課的總學分，就滿足了維州大學圖書館碩士課程三十學分的要求。

那個暑期，所選兩門課中之一，班上只有十幾個研究生，我跟駿雄年紀都比其餘的同學大，所以我們走得近些，也曾經一起吃過幾回中飯，互聊課外的話題。那時，駿雄一邊在市內的公立圖書館上鐘點班，太太是個半職的小學教師，兩人帶著個十二、三歲在唸初中的兒子，就住在研究生的家庭宿舍。

想起來真是有幾年的事了，由於交往不深，也從來沒想到過他，豈知竟從張教授的談話中喚起我的記憶。

後來健妮夫婦開車送張教授回家的時候，提到駿雄已經跟妻子分開了，孩子也隨著妻子到了別的州郡；健妮又說漏了嘴，笑嘻嘻地透露莫瑞每周會有一兩天在駿雄家裏流連幾個小時。

健妮的個性開朗，外祖母是美籍華人的第二代，因為在紐約華埠長大，還能說一些簡單的粵語，漢字就目不識丁了；

健妮這個成長了的第四代，忽然一天對尋根有了興趣，除了在大學主修心理學以外，還選了中國語文作為副修，在語文課上，從我的課開始，她就是個優秀的學生，她也選過莫瑞在比較文學部門開的一門課，據說莫瑞很欣賞她那篇分析中國婦女在傳統禮教下如何適應的心態的文章。

莫瑞一般都對她的女學生相當友善，跟健妮更有緣分，兩人就像朋友一樣，這一點我頗為讚賞她。

張教授那次碰見莫瑞從駿雄家裏出來，以至他們四個人在樓下的停車場上交談，是件很平常的事。由於健妮愛練習她的漢語口語，張教授平日也喜歡讓他的學生用漢語跟他交談，莫瑞是個中文部的教授，一般人都會認為她的漢語自應有相當水平，所以在她面前也無須轉用英語吧。張教授說起這件事時就說可能無意地冷落了莫瑞，我勸他根本不用那麼想，但同時我忽然感到我可能思路上漏想了一點什麼。

那天我回到家，飯後，跟妻坐在後院的平台上閒聊，妻問起我跟張教授見面交談的情況，我偶爾聊到張教授碰到莫瑞這件事，妻的反應卻令我詫異起來。

她笑著說：「有什麼可詫異的。你們男人就是這樣直腸直肚、心思不夠女人的細密了。」

「是嗎？你說說看。」

「這莫瑞平日來往閒聊，提不提她家裏的事？」

「我自己倒沒聽她提過什麼。你話裏有話吧。」

「是啊。莫瑞每次會議都遲到的事，全校皆曉，自然也就讓人多聊了些，知道她以前還沒出來做事的時候，已經是個單身母親，有了個女兒；後來結婚了，又有了個兒子；結果還是離了婚，把在唸中學的兒子送進寄宿學校，自己享受單身的自由。她跟那個比她年輕、在圖書館系唸博士的來往，躲躲藏藏的，但總會有人說了幾句的吧。你是個老古董，大學裏課餘之後甚麼社交餘慶，都不參加，當然不知道你們這些在高等教育學府的教授們之間，有多少課後延續的話題，可作為茶餘飯後的消遣。」

妻說得不無道理，在這樣的一所大學的惑人政治氣氛裏，在一個人事環境不簡單的學系工作，除了授課和寫作給我最大的鼓舞以外，其他的事都只是在導著我去蘊釀頹唐和一切近乎零價值的感覺，我何必參與那些異常塵俗的活動和談話呢，它們只能令我看到對某些人於存在意義上的低微、令我對教育界之被愚弄而失望。像白慶餘對學生的關門主義，把選課的十二個學生，一個月下來就用種種的籌謀，讓十個退了課，以後就可以在自己的辦公室足不出戶地教一到兩個學生；又如，像日文單位那個洛爾納，一天到晚拿著系裏那部攝錄機，在街上到處不知為何地找涉獵的景象而曠課，甚或衣衫不整地坐在鎮上一家咖啡館門口抽煙和看報，被學生傳為話柄，諸如此類的現象，我非得持著「干卿底事」的心態去面對不可嗎？

可話又說回來，妻的一番話，跟張學文與莫瑞怎地又扯

127

上關係呢？

「女性的敏感度，特別是有知識的那些女人，也許只有心理分析專家才能詳析吧。」妻半認真地笑著說：「像莫瑞那樣一個自視頗高的女性，打著一個漢學家的頭銜，卻不能在學生、一位漢人同事、特別是男朋友面前參與漢語的交談，她的心裏好過麼？那種自高和自慚的心態同一時間互相衝突造成的後遺症，容易克服得了與否，就看這個人的心胸的寬窄程度了。更何況，她跟那位男士的關係，她是否願意向在場的三位公開，難道她沒有心理障礙存在嗎？」

我啞然，問道：「你是說，她會因此而對張學文有了不平衡的排斥感？」

「喲！她不是我的病人，我只是藉著書本上的理論來看，聊出這樣一個可能性，沒有結論，也不堅持我的意見；」說著，她吃吃地笑起來：「你何必認真，否則我會成了罪人了。」

妻這樣地笑，就像東方語文學系日文單位早年的陸系主任的一般，是竊自日本女人的笑態而來的，當年我告訴妻我的感覺時，她說：「難道笑法也有專利權嗎？」

「不是專利權，是個性；那是一個人有能力把『江山易改本性難移』的描繪動了心意，把它轉易，成為一己獨特的個性。我認為，這『個性』還要看對象是誰才顯現出來的，否則，只好讓它處於『潛龍勿用』的陰霾狀態下冬眠吧。」我這樣說時，就知道連自己也給這樣的見解弄迷惘了。

我倆都笑了起來。

這段小聊，成了我倆之間的默契。以後，凡是妻說完話如此笑之時，我們都知道對方說這或那的話時，我們話語的誠信度必須重新商榷。

這一回，我細細地在咀嚼妻那番話的同時，也不能不想到張學文也許真的無緣無故地惹出莫瑞的反感，以致孕育到她藉機把他的工作崗位抹掉。毒狠吧？

很快，我就決定了向文學院魯院長投訴莫瑞於職業行政上的混淆、失責和越俎代庖、干涉到不是她專業的範疇、把同事的職位當作棋子般來任意擺佈等，完全都是以權謀私的行為。張學文雖然不反對我進行投訴，但還是勸我多一事不如少一事。

我盡量向他解釋：

「我這樣做，不一定有結果。作為一個系主任，她是有一定的底線用行政權力去監察系裏一切事務的，只是不能忽略「底線」的深意而用表面上似乎合理的藉口來胡作非為，致使有乖大學的章程和警戒。她應當知道，大學賦與她的行政權有一定範圍，這是大學行政群組對自己本身的保護，以免每個部門的主腦任意越權，處置失當。丟臉是小事，萬一鬧到法庭上相見，如果提出訴訟的工作人員獲得法庭裁判勝訴的話，大學不但破財，最可怕的是大學形象受損，不只是社區盡人皆知，更是全國皆曉，後果是臭名遠播，日後大學要聘任新職的話，

能人智者，大有可能卻足不前。然而，行政部門的各個層次，仍多半會『管管』相衛，免得顯出政策的漏洞。作為旁觀者，這點我可以理解，但實際上不可以接受。莫瑞引起我的反感和反對，顯明地她在『黑箱作孽』，大膽妄為，貿貿然使用『卸磨殺驢』的手法，我不揭穿她那假公濟私和醜惡的心態，我們對不起自己，對不起學生，更對不起真正從事教育的工作者。」

這番話，我不知道是否把張學文嚇著了，他一直默默無言地看著我。

我壓平了有點衝動的語氣，繼續說：

「你不必有所顧忌，我自己出面，但是就事論事，我的投訴信中是要提到你的事的；不是利用你，而是因為事實上你正處身在這件事裏面。你反對嗎？」

「不反對，我只是為給你添了麻煩而感到抱歉。」他說：「你那打抱不平的脾氣和心態，那年我陪你在王府井逛那家大書店的時候，我第一次看到。後來你來我們穎大做學術講演，我安排你住到穎大的賓館，你夜來訓斥管理處的事，翌日就傳遍了咱們文學系的教授圈子。有謠言還說你可能是某個高官的親屬呢。我知道，你不是那種無理取鬧的人。」

「太慚愧了。讓你還記著那些瑣事。」我接著說：「我明白，人與人之間的交往，應當互相尊重，更要承認我們都有個別的差異，豈能凡是人或者凡是事都一視同仁呢。況且，我做

事的態度，一向遵從《論語》教導我們『君子和而不同』的真理；所以往往也能盡量包容些，只不過對於奸佞小人，我就是壓不住厭惡。幸好我還是循著先禮後兵的原則，不會隨便開罪任何人的；莫瑞早就知道我不同意她對我管理的語文系統做出如此自私的人事處理。對於我投訴她這件事，我有必要讓你知道，原則上，讓你置身度外，投訴會顯得更客觀些。」

我當然也知道，「不平則鳴」。但「鳴」的途徑，就煞費思量了。

大學的政治體系，好比一大片森林，經過人為的策劃，原始的大自然就有了不少被人工破壞的地方，本來就沒人管的沼澤，會變成了可以令人失察，掉進泥足深陷難以自拔的危機。陷阱往往在野生的蘆草亂叢的掩蓋下，等著可憐善良的鹿兒被追逐時、倉皇亂奔，哪兒抵擋得住殺機重重的獵人的奸謀暗算。

在衣冠楚楚的人群裏，本來就良莠不齊，又有多少人能想得出運用三十六計去策保安全。

不知道我是否已經卯足了勁去細想，我知道我採取的途徑，是盡量躲開了那些沼澤和死水的。我按照大學的章程，再憑著自己的思考邏輯，就事件的方圓規矩推敲過，盡量減少被反駁的漏洞後，便向大學三個部門分別遞上了投訴莫瑞的信，算是作為一個起點。也許，我事前沒途徑找到一位資深律師給我意見，除了是自我的疏忽之外，還感到來自費用上的巨大壓

力。我固然知道莫瑞得悉我的行動後，一定會打通系裏那幾個猶如空心蘆葦毫無作為的教授和講師，以便同一鼻子出氣的。那，我可以理解，我們都是人罷了。

信發出後，我去拜訪了戲劇藝術系那兩位教授，她們向聯邦法院起訴宜州大學的事，在我蘊釀投訴莫瑞這段時間內，就見報了。她們聘請了肯州一位大律師，向聯邦法院遞進了訴訟信，立了案。宜州大學已經接獲了法院的通告。因為立了案，她們兩位表示不方便向外人述說案情；所以我們見面，談的只限於尋找律師的程序和費用等等有關訴訟前的準備，我得來刺心的忠告，她們說：當事人會容易氣餒，而且所費不菲。

我是曾經向我自己的律師徵詢過打算起訴宜州大學的意見，他毫不諱言地告訴我，像他那樣的小律師，他不可能挑戰本城最大的顧主宜州大學。再說，他的專業並非訴訟，而是為顧客立遺囑，簽署房地產買賣的合約等等而已。

我跟藝術系兩位教授的談話，雖然完全不觸及她們案情的內容；但從報章看到，那案件涉及系主任越權把她們十幾年來所授的科目，編排給自己和他心中認為合適的人，理由是根據各人學歷的專業記錄而決定的，他那新的安排更為合理云云。更巧的是，連系主任在內，新安排去取替兩位訴訟教授的課程的人，都是男的；兩位訴訟人遵照律師的看法，遂再加上了性別歧視這一條帶有嚴重侵犯行為的罪名。

其實，淺而易見，那位系主任自作聰明地要賣弄權力，

任意妄為，做了這些膚淺的措置，無非是想在系裏樹立向自己靠邊的小群黨，他的所作所為，與莫瑞的大同小異。冷眼旁觀，是可憐可笑的，然而，在這些高等學府裏，諸如此類芝麻大小般著意的錯誤，偏偏就有此等不成材的孽障，放著好好的科研不做，視好好的學科教學服務如糟粕，一旦得「志」，趁勢玩弄一些下作的手段，像個小丑，卻還自鳴得意，樂此不疲罷了。

在森林和原野裏的污澤與死水，養著的鱷魚和毒蛇，靠著大撮的空心蘆葦環繞，等候欠缺經驗、純良無知的鹿兒，走近那樣的地方，掉進陷阱。

鱷魚看見那些掉進陷阱的無辜鹿兒，竟然會掉眼淚。

妻和我，很久都沒看到林華表了，在我們教會的聚會中，他也沒再踏足。對於他從法國和歐洲回來後就開始悶悶不樂的事，我們的確為他擔心過；我想，林華表是個高等知識分子，他後來向大學有關部門投訴本科系裏頒發博士論文優異獎和年度的助學金的不公平，他起先所採取的行動起點和步驟，應當是合理和合法的。事情的發展朝南了，方向拐彎了，可能連他自己也沒想到會走上殺人的地步吧。人間世，出乎意料之外的事，就是因為出乎意料，才防不勝防。

我經過兩次跟魯院長的談話後的兩個月，有一天，接到婦女研究部門吳瑪芝教授的電話，她說：

「儒河，我是瑪芝。知道你很忙，但是，能否這個周六你

我在慶餘的辦公室見見面，魯院長要讓我們談一下你對莫瑞投訴的事，時間隨你定，好嗎？」美國人都喜歡互相直呼其名，據說這樣做是令對方覺著是個友善的開端。

「我沒問題，下午兩點鐘怎麼樣？」

「好的，那就定下了，我們到時再談。」聽起來她好像興致頗高似的

我當然沒有意見，這是個表面上合理的過程，而且是必然的安排。他們兩位的職分都比我高一等，撇開不知道的原因，院長不找他們還能找誰。

其實，我說「找」，不如直說魯院長跟莫瑞商量過，讓莫瑞提出人選；白慶餘不光是系裏唯一的正教授，而且跟莫瑞早年在國外進修漢語時就認識了。系外的人選，歷史系那位自稱中國通的艾庫殊教授，白慶餘對他早有微言。只有在宜大日子不深的吳瑪芝，剛到宜大時，知道莫瑞以一個女性當上了東方語文系的系主任那樣的殊榮，立刻開始靠邊，兩人很快就成了閨蜜了。

我跟吳瑪芝不熟，平日見面大都除了打個哈哈之外，從沒好好地交談過。

我有一次出席亞洲研究的研討會上宣讀論文後，碰到維州的廖教授和芝加哥大學的姚教授，我們三人在會議後都到會議廳樓下的一家酒吧叫了飲料。他們兩位喝的有點高的時候，適巧吳瑪芝跟一位男士走過，沒看見我們，廖教授就瞪著眼頓

了一下，説吳瑪芝真是個女中豪傑，她跟丈夫本來在加州大學某一分校任職，兩夫婦為了競爭同一筆政府的研究金，最後給丈夫奪獲了，婚姻就此破裂；吳瑪芝於是來到宜大，創立了只有她一個人授課的婦女研習單位。

那天，寒冬已過，是春意闌珊的日子，陽光時而讓春霧迷濛了；沿著校園的小河邊走著，神經舒暢了些，壓心的煩惱也稍微滌除些，我繞過圖書館，走到了我們系所在的那所陳舊的灰色大樓。

白慶餘的辦公室，就在二樓。那本是系裏岑教授的辦公室，退休了，白慶餘等不及地告訴當時日文單位當系主任的駱力教授，要了那間比他目前的屋子大得多的辦公室。其實，那屋子也是駱力看中的，但自己的職銜低了一層，平日對那位説話頗蠻橫的白慶餘顧忌七分，只好噤口不言。

平心而論，駱力算得上是個肯做事的系主任，但卻是個不折不扣的牆頭草，隨風勢飄動。在系裏，平日對著白慶餘、莫瑞和梵文部的那位只有一個學生的大教授，哈腰的日子多著呢。這回我「斗膽」告了莫瑞，作為系主任該主持公道的他，當然不敢拿主意，靠邊站是顯然的事了。

跟吳瑪芝和白慶餘這次會面，我其實早就知道是官樣文牘，但還是帶了我投訴莫瑞的信的影印本和幾張白紙，以備萬一。

幾句寒暄後，我單刀直入地問今日談話的焦點是什麼。

吳瑪芝應道：「儒河，你是否嘗試過用一個系裏最高負責人的角度，在經費短缺時，去看如何處理教職員的聘用和調動，以便能體諒莫瑞的措置呢？」

這個問題早就不陌生，魯院長不就問過了？他們竟會膚淺到還以為我尚蒙在鼓裏，不知道他們交談過。

「不用嘗試。如果我擔任那個職位，我的觀點跟莫瑞的是極其不同，我的措置是大公無私，學生群體站第一位，我完全會看學生選課人數和相關的需求，而做出最不傷害課程素質的安排，以保障優質教與學之間的銜接，使學位課程不受影響；沒學生選的課，暫停開一個學期或一年，從而盡量為學校大大地節省經費。」我悠然地深吸一口氣，維持平靜的聲調和微笑，把我心裏的想法簡簡數語說出來了。

說著時，立馬瞥見白慶餘臉上抽曲了好幾秒鐘，我的話，正中了要害，躲無可躲了吧。其實他們也許不會想到，連莫瑞那門文學課、吳瑪芝那門女權運動初探、還有大學裏所有只有一兩個學生選的課、碩士課程等同虛設的部門等等，都在我剛剛說的話裏一片一片地撕破了，像是剝洋蔥一般，用不著的部分就應當被扔到垃圾箱子裏，省得讓洋蔥片薰得眼睛都模糊了。

「那麼說，你仍然堅持你在給院長的投訴信裏的一切，不願意修改或刪改嗎？」還是吳瑪芝在問。白慶餘至此沒發一言。也許，根本無話可說吧，若然，算是給我面子了，否則，

我會看到像武松三碗不過崗打虎蠻橫的一幕嗎？

「是的，瑪芝。你還可以把我今天所說的話記錄起來，讓我簽了字，交給院長，算是我附加的話，你看怎麼樣？」我並沒激動，反而更平靜了。

「那可不必，我跟慶餘都聽到你說什麼了。」

「那就好，我相信你。可我覺得現在就當著兩位面前，請給我一分鐘，讓我寫下了我剛才說的話，你們兩位簽個字，如何？」

「真要我們這樣做麼？」

「這是我份內有權利作這樣的請求的。你們不介意的話，我覺得應當這樣做。說到底，這跟我正式投訴莫瑞的事有關。就怕事後『異口不同聲』，以致我啞口無言。」說著，我已經寫完了，把紙從我桌面推到瑪芝面前。

她看了一下，微笑地簽了；然後把紙推到白慶餘面前。他皺皺眉，搖了搖頭，看也不看，把紙推回她面前。

我微笑地謝了他們，收起吳瑪芝簽過的紙，很高興地離開了那間顯得讓人侷束和窒息的屋子。

事情總算在人們的計劃中像蝴蝶幼蟲那樣緩慢地、一個躱環推著一個躱環，寸步維艱地蠕動。這期間，張學文教授，在我通過一位日本著名紅學家佐藤教授的引薦下，到了早稻田大學開他專業的課程去了，我為他屈就在宜大教了兩年的漢語課程深感慚愧，更慶幸他做了理智的選擇離開我們這個愈來愈

不成氣候的學系。

　　不知怎麼那麼巧，這段時間，我竟然沒有一次在系裏碰見過莫瑞。

　　又過了五個月，秋季已經開學了，我的兩門課，精讀語文班有三十三個學生選，語文沉浸課程有二十七個學生註冊。漢語作為外文教學法這門課，主要是讓新來的助教和日後有興趣教漢語的研究生、和以教育系為專業的學生選讀的。這門課由於比較專，對選課學生的漢語水平有一定的要求，所以選課的只有十一人。我有兩位助教幫忙，師生的比率算起來是１：43，跟美國教育局統計部發表的大學平均師生比率１：20還是高出很多；白慶餘教的高級漢語課，只有三個人選，他一般的習慣，開學一兩個星期後，就會弄走兩個學生，以便可以在他的辦公室專門教一個學生。古代漢語因為沒有新來的漢語助教，這門課就完全沒有學生。再看四年級漢語，讓莫瑞從比較文學調動過來的博士生去教，竟沒有一個學生選。系裏怎麼處理這個問題？新當上系主任的日文部的駱力教授，看到中文部日走下坡，也許暗地裏高興。我冷眼旁觀，只為大學容許這樣的情況存在而覺得行政的腐濁。自然，他們的確可以大聲呼喊：學生選課，是他們自由自主的，教授沒有學生選課，只是尊重學生的權利罷了。

　　開學後的第一個系務會議，只有莫瑞這位從系主任職務退下來的沒出席。我不言不笑，抱著「橫眉冷看千夫指」的態

度赴會；反正，學生選課的人數，等於公開無私地替我說了公平的話。

十二月，收到了一份吳瑪芝和白慶餘聯名簽署給魯院長有關他們倆跟我會面後的詳細報告，作為總結了他們對我投訴莫瑞的過程與結論。此信一共長長的五頁，有副本分別給了東方語文系每一位教授。簡單地說，內容完全是靠邊站、一面倒的敘述，完全否定了我控訴莫瑞的每一個重點，強詞奪理地維護莫瑞，把一切我認為是她的濫用權力和自私的安排，完全歸咎於政府削減經費之舉，「元兇」是政府，文學院也是個「受害者」；指斥我漠視這個根源，認為我不明就裏，而妄自作出個人的揣測，冤責了莫瑞，損毀了她的聲譽。他們希望英明的魯院長按照大學校規對我的誣告徹查到底，除了追究責任外，還得讓我向莫瑞道歉，並且要我擔保日後不會犯同樣的錯誤云云。言下之意，執筆者無疑以為自己掌握了「一錘定音」的權力了。讀信那一霎那，我恍惚看到秦始皇和希特拉混合起來的一個模糊的影子。

我禁不住私下自問，在地球上，一個小小的終身教授，處身於這麼大的一所高等教育的學府裏，竟會妄想有可能掌握那樣的權力嗎？事實上，連校長下重要的決定，還得要得到校董會的批准呢。再說，一個如此自命對古漢語有深究的漢學家，是否讀過莊子的秋水篇？是否讀懂了莊子的秋水篇？又是否讀懂了荀子的性惡論？

令我頗為詫異的，就是信裏的字裏行間，明顯地充滿著一股對我咬牙切齒的恨意，執筆人肯定不會是吳瑪芝，無疑是白慶餘。他為什麼對我如此地憎恨，我想，除了他認為我投訴他的多年老友跟同事莫瑞是一件很斗膽的事以外，恐怕在他表面上從不表露、但深藏在心裏那一撮與生俱來的白人優越感壓抑過久、積聚得透不過氣來了。可能還加上覺得一個白人在中國語文專業裏跟同等學歷的華人共事，那種來自學識相比下形成了長久的不安全感，引致釀成了隱藏著「自小」卑微的緣故，碰到我這樣孤身一個在系裏教授群中只是個華裔少數民族，竟然有此「犯上」的行動，實屬可殺可恨吧。此外，我還懷疑他的那位於所謂八十後的助教，因為在選我那門「對外漢語教學法」，受到我頗為坦率的批評後，感到羞慚不安，遂有意借機會在他的面前造了謠，說我在背後中傷說他沒有教學方法。

諸如此類怪力亂神的話，總是有人持續地說下去給耳朵特軟、願意接受的人去聽的，也因為這樣，世上才有了「謠言止於智者」這句箴言。

我禁不住聯想力到林華表事件上去了。林華表開槍殺人前，曾經給美國幾家大報寄出了信；給家鄉的妹妹寫的那一封，讓警方在機場的郵局截獲了，此信是由白慶餘翻譯成英文後，在大學城的報章上刊登的。翻譯過程中，白慶餘心裏是否平靜，是否帶了仇意，只有他一個人知道。我投訴莫瑞的事在

先，林華表殺人的事發生在後，卻又讓白慶餘兩件事都趕在裏頭，是天作之孽吧。以他那像根朽木不可彫的性格，只能用夾板醫駝子的辦法去治，實在難料他怎麼聯想。心胸狹隘，患了「此恨綿綿無絕期」這等心病的人，也只好自己活受罪下去罷了。

這時，學生報已有傳言，大學已經開始搜集選課學生少的科目和任教老師的資料，整理出一份名單，作為日後對學系經費撥款的參考。以前已經辭了職的系主任陸教授，每次開系務會議都喋喋不休地提這個重點；十幾年下來，白慶餘和莫瑞那幾門課，一直門庭冷落，所以他們兩人被登上黑名單的可能性非常高，憑著終身教授的身份，他們是不會覺得岌岌可危的，縱然會有羞恨之意，但也奈何不了大學行政的決定，惡向膽邊生對他說來正是其時。選課學生不夠的情況，魯院長讀過我的投訴信，如果命副手查一查註冊記錄，心中自然雪亮，當然也應該明白事情哪能全都歸咎於經費短縮便作了事那麼簡單；因果相連，他是應當有邏輯、有條理、有頭緒地用公平客觀的辦法去判斷和處理的。

其實，在吳、白的信裏提到我「不明就裏」這一點，非常耐人尋味，根據我「線人」透露的消息，莫瑞在我給院長及維權辦事處遞了投訴她的信後，是去見了魯院長的，事後她也跟吳、白兩人多次在系外談話。她們這三人小組再做了一個人事調動的方案，這個方案，並沒邀請我參加討論，也沒給我一

份這方案的初稿和定稿。這份方案的始作俑者，誰又能保證不是魯院長給莫瑞暗示後而產生的？一丘之貉，在小小的東方語文系裏，活躍著呢。

新的方案是這樣安排的：把文學院只答應付薪水的那條職軌線讓給了日文部，取代被宜大解雇了的鷗三木。這一讓，令中文部就沒有了文學院薪水支持的崗位，必須自我想辦法解決人手不足的困難。另外，莫瑞還用了一招，提出與宗教系聯合，向文學院申請聘任一位能教中國宗教的教授，課程一部分包括了佛經原文閱讀，這一部分可以讓中文部的張學文博士去上。

他們花了心思，提出中文部與宗教系聯合申請招聘一位新教授開辦中國佛教這一項的建議，我一看就知道，這不過是虛晃一招而已，原因很簡單：第一，張學文不會留下來去接受教閱讀佛經原文的短時任務，這顯然是對他深度的侮辱；第二，美國學生根本沒人達到能閱讀這樣的漢語水平，這門課將沒學生選讀；第三，也是最笨拙的思路，文學院在經費緊縮的當下，怎麼會如此出軌地接納莫瑞的建議呢。第四，宗教系的系主任馬神父，以我平日和他交談和觀察，是一位世故很深的神父，任何人都休想在他眼前耍浪費時間的笨拙招數。

從我的「線人」那兒獲得這個新方案的內容，事後我並沒告訴張學文，我實在不想讓他在腦子裏留下了太多在美國儒林裏的歪事了。

我自問度量不大，更受不了小人和作俑者，但把吳、白的報告，看作無稽之談，倒不難。抱著不與小人計較的心態，盡量堅持我對教育界尚有的誠信，努力於我在教學與個人科研的工作，日子還是能循著自然的軌道而過。

　　開學後的第三個禮拜，駱力系主任發出通知，四天後文學院的魯院長，要來跟本系的終身教授們討論莫瑞被我投訴了這件事。

　　那天，早上十點鐘，我們兩個中文部（莫瑞沒出席）和兩個日文部的終身教授都坐在系裏那個連窗戶都沒有的小會議室，看著魯院長帶來他的副手——德語系的艾茱迪教授。

　　他們一踏進這間已經有高度重量的沉默和令人透不過氣來的小屋子，魯院長帶著笑容向我走過來，是因為我坐著的位置順步吧，他在我肩膀上按了一下；這樣做，可能他心裏在想著讓其他人猜想我跟他已經有了默契似的。我再次發覺他那帶笑的一張臉，好像是給最近校裏一連串不愉快的事情烙上了掩不住的重壓，熨平了本來笑容能擠出來的皺痕。不知怎地，我似乎看到好像有一層令他顯得更蒼老和疲倦的碎霧，籠罩了他矮小而稍微佝僂的身軀，我想，也許不久之後，他就得支著拐杖走路了吧。那瞬間，我恍惚影影綽綽地看到很久以前我年邁的父親在他那個年代虎落平陽的光景，使我心底隱隱地滲出一陣帶著慈悲的愁楚；我對他竟然可憐起來了。

　　他無疑是個政客，先不提他到系裏的目的，開口就說他

今天帶來了茱迪的原因是：過了這個學年，他就退休了，所以凡到每一個學系，都介紹艾教授跟大家見見面，打個招呼。

艾茱迪教授馬上接口說：「魯院長為大學服務了這麼多年，建樹良多，勞苦功高之餘，尚得任勞任怨。我在院長身邊，學著熟悉文學院的行政工作，得益匪淺，同事都很感激他；我更加誠懇地歡迎大家不吝賜教，讓我們共同建立一個愉悅和諧的工作環境；」這時她頭也不轉就眯了眼睛睄著我，笑得好像特高興的樣子：「今天我能參與魯院長處理應儒河教授和莫瑞教授的事件，是個非常寶貴的學習機會。」

聽那口氣，她好像已經把自己當作日後必是由她繼任為文學院院長無疑。

其實，院長這樣的崗位，不可能讓校內機構或單位內定的。公開在職場上招聘，是合法的手續。艾茱迪已經是個副院長，如果她在校內的公關做得好，可能比別的應徵者佔優勢而已。自然，校內行政的營運，其中奧妙，不一定能用邏輯去分析。我個人認為，要坐在學院領導人的地位，那個人無論是誰，應當明白那不是個人榮耀的機會，而是老老實實的與學院裏的教授達成一個共識，合力把學院的組織和學術水平達到被國家認為是優秀的地位。艾茱迪，她有這樣的心態和能力否？我極度懷疑。

這時，魯院長看了一下艾教授和眾人，微笑地說：「此事沒什麼盤根錯節，其實是一件稍微欠缺適當溝通的小事而已。

我明白應教授的觀點，他按照大學的章程和步驟，提出了對莫瑞教授的意見，是合乎規矩的⋯⋯」

他如此輕描淡寫地說了幾句給我打圓場的話，當然令我感到詫異，猶有甚者，卻是他一句都沒提及吳、白兩人那封對此事和反擊我的報告。如果在座各人沒意識到這老狐狸實際上是在表示他並沒認同那信中的見解和提議，我為各人的鈍智難過之餘，同時也著實看到他們臉上蓋不住像是在頓足撞首的表情；特別是白慶餘，他禁不住顯出一副像梗死的水牛脖子的醜樣，可憐他還沒領悟到這位從集中營死裏逃生的魯院長，根本就受不了再有人用咄咄逼人的文字或語言來威逼他採取別人提議的行動，翻肚鬧腸地令他腦裏重新活現那段悲慘的生活。也許他覺得，眼前只有他才有權利和權力以那樣的態度去訓喻別人吧。臥榻之旁，除了自己的愛人以外，豈容他人酣睡！更何況一個像白慶餘那樣盡是滿腦子溢著夢囈並且愛輾轉反側的宵小人物。

「經過了應教授和我幾次的溝通後，他也認同了莫瑞教授的措置了⋯⋯」他繼續清楚而緩慢地終於扯出了這天大的謊言。

說出這幾句像是一把邊緣兩處都鋒利的刃刀的話時，他多半的時間用一種特別的、微微濕潤的眼神盯著我，是鎮壓？是焦慮？是倔頑？是虛心？是懇求諒解和包容？是表示「算了吧」？還是⋯⋯？我一下子沒能弄得清楚，但卻感到一陣無情

的、帶病菌的風迎面飄來，讓我感到眼前這個曾經久歷滄桑、戰後流放出來的少數倖還者，他忍受過那長長的一段慘絕人寰的日子，今日在世界上能平安地活著的，包括我和無數的人在內，都應當欠了他萬千個抱歉與說不盡的補償吧！

　　但我同時也為自己能夠看到在座的這幾位於我眼裏全是莠者的教授們，他們只能無奈地、無言地把他們連成一起的那股邪氣硬生生地吞下，我感到興奮起來了。好個政客，我應當是感謝他呢，還是對他奸猾無痕的處事本領仰慕起來呢？無論如何，莫瑞那昭然若揭的敗行，在智者面前是裸露無遺了。她今天故意不出席，是愚者尚有知否？

　　他魯院長，誠然是個狡猾的狩獵者，而我，和其他幾個系裏的莠者，就那麼輕易地成了在等候被獵人宰割的鹿兒了。

　　很自然地，我在想著卡夫卡那篇小說〈獵者葛拉卡斯〉裏面的幾句話：

　　「打從我因為追獵那隻鹿兒而墮下懸崖以後，我就躺在這兒了。一切的經過都是有次序的。我追逐、墮下，躺在一個深谷底上流盡了血而死⋯⋯我面對著的山牆上有一張畫，畫中一個墾荒者躲在盾後，他的矛頭直指著我⋯⋯」。

　　原來鹿兒也有讓獵人掉崖的機會，且勿論機率有多高，反正是有的。

　　我在無措和尷尬中擠出笑臉，我已經不是我了。我只不過是一頭亂了方向而無知的孤鹿，露出弱點，失策地踏進了被

146

高高的蘆葦遮掩著的陷阱罷了。

散會後，我回到辦公室，靜靜地想了好一會兒。

我開始給魯院長寫了一封簡信說明我為什麼在會議席上連一句話都沒回應，說出這封信應當是投訴莫瑞的過程中整個文夾檔案中的一頁；也許，是最後的一頁了。

就這樣，我蘊釀已久要離開宜大的動念禁不住再泉湧般在心頭迴旋。我要離開，是因為宜州大學的混亂，使我再也不想跟這一小撮的莠者共事了；他們之所以不走，是因為看中了宜州大學的糊塗給了他們非常難得的那些從中取利的機會。

我的孤立，令我想起在我到了宜大東方語文系兩年後，老臣子岑教授漸漸跟我熟了，曾經有一次在他的辦公室裏閒聊系裏的瑣事的時候，他問我如果他在系會上提出反對什麼，我能否跟他站在同一條陣線？

我給他問住了。

我不過是一個新入職和教學經歷尚淺的助理教授，從來也沒想到在如此一個小如麻雀的學系也存在著搞小組靠邊站那些我覺得醜陋的政治玩意，太令我吃驚了。

我委婉地拒絕了他。

那天以後，偶爾在路上看到他，他都別過臉，或是故作自然地踏過馬路的對面。他的落單，我從沒詢問是什麼緣故。如今我落單，問心無愧，全無兔死狐悲的概念。

俗話說：人不為己，天誅地滅；人微如塵的我，開始著

147

手留意那些離宜大不太遠、學術名氣頗好、發展方向是我嚮往的大學。我和妻是要經過一番詳細的談話和檢討後才會選出目的地的。另一方面，妻很愛她目前的工作環境，如果讓她也離開，我覺得是不公平的，也許她會因此而落落寡歡起來，所以，我們決定不賣房子，待大學放長假的時候，我還是能開車回到我們這所後院是個天然鹿渡的房子。

我計算過，下一年秋季開學，是我可以申請帶薪研究休假之時，為期一個學期，我會著意於一所比宜大名氣好一些，較為重視人文科學教學與科研的大學，作為我的基地。如果機緣巧合，獲得認許，有可能進入該校的語文部效勞就更為理想了。固然，在全國大學經費縮窄的時期，成功的希望不會太高。反過來想，把宜大當作是我的墊腳石是毫無問題的。

在這個國度裏的高等學府的教育圈子，據說一個教授完全沒有離開過自己基本任教的大學，到別的大學服務過，是會讓人在閒聊時說此人在外頭是無人願意聘用的。因此，往往就有助理教授在獲升為副教授以後，盡量尋找另一所大學作為短期的落腳地，到那兒去做研究或是擔任一個學期或是整學年的代課職位。我們學部擔任教歷史課的安庫書教授，因為他的太太在密州大學是某系的系主任，兩地相隔，所以安庫書每隔一個學期，就申請不帶薪水的假期，住到密州去了；麻煩的是他那個系裏總要找合適的人選來替他或是暫時停開他的課。白慶餘對這樣的情況，卻一反常態已經不止一次喃喃地詛咒起

來。也許，這就是為什麼他自己從來沒能在別的大學教過的原因吧。

我擬好了研究方案，交到駱力系主任手上的時候，是秋季學期中段，卻意外地聽到他告訴我，這個學年末他就會離開，到東岸一所四年制的資源頗豐厚的私立大學去了。他認為在臨別前能辦成我這件帶薪休假的事，如果我得到休假批准後又有了替課的人選的話，就一次過辦理。

被批准這種短期科研帶薪休假的教授，是可以自己向系裏推薦符合資格的代課者的，我心目中已經有了理想的人選，就差徵得她的同意罷了。

邵是我抵達宜州大學最先認識的華裔朋友，他是宜大文學院以高科技為工具的研究中心的主任。那時我剛被聘為暫任講師，正在趕著完成博士論文，因為需要應用電腦做統計一部中國文學作品作者採用功能不同的詞彙的數量，光靠人力基本上是要經過漫長的時間才能做到的工程，幸而得到邵的大力支持和幫忙，把論文結論的一章所須的資料用電腦統計歸納出來，讓我完成了論文，趕上了博士論文的答辯，從而順利地由暫准講師提升為助理教授。我對邵心裏就一直有著湧泉相報的感激。他們夫婦都是高等知識分子，十分愛好文學，邵還是個詩人，太太卡芙莉的文學修養和分析能力很高，專業是英國文學，更是個翻譯家。以前，東亞語文系在梅、李兩位華裔教授領導時期，卡芙莉曾在中文部教過，教學獲得學生們優良的評

估。我希望她能答應我的邀請，在我得到科研休假時，替代教我的兩門語文課程。

她很大方地答應了願意幫忙。

事情的初步，就這樣計劃好了，外來的機遇，難免總帶著半由人力半由天的忐忑。

四月份，妻和我正躊躇於在新墨州和德州兩所大學中要作出決定的時候，一位我在參加研討會上相識的寇教授告訴我，閩州大學正好在物色一位職求條件跟我的資歷極為相近的副教授；如果我有興趣的話，他樂意做我的推薦人，到閩大直接與當事人見面談談。

會面後，我做了個公開講演，題目是「五段教學法在外語教學課堂上的活用」。

事後，經過多方面的考慮，妻讓我選了閩大。

合同的內容，簡單地說：秋季開學，我在閩大主要是做學科研究，另外再主辦兩個公開的學術講座，閩大提供辦公室和配備。一年後的秋季開學，正式得到閩大的終身教職，在綜合語文部門負責創辦中國語言和文學單位；閩大給我新聘教授的配套，包括健康醫療保險、退休計劃系統，薪酬等等，都比我在宜大的要滿意得多。

這件事辦好之時，已經是炎炎夏日了。

我在閩大完成了科研計劃的初稿之時，計算尚有九個月的光景才學年終結，是在合理的期限內給宜大的東方語文系寫

辭職信的。

春季學期當我再回到宜大續教，系主任一職，因為辭職的駱力教授是日文部的人，只做了一年，按邏輯，續接主任位置的，就讓日文部的副教授叫洛爾納那個莠者補上兩年。當年莫瑞是遴選委員主席時，這莠者是用近乎求乞的語氣寫了那封令人讀後就引起雞皮疙瘩的求職信而獲得聘用的。

為五斗米折腰的事，凡是有人存在的地方，是常見的事吧。君不見，不少人為了找尋職業而把一身的傲骨都砸碎了？我即使沒有折腰，但接受了超正常的工作量而得到職位，還不是把委屈硬吞下去？顏面當然不見得光彩些。

宜大的東方語文系在秋季學期接到我的辭職信後，就已經公開招聘新人替代我的職位，洛爾納讓白慶餘做遴選委員會的主席。在有關此事的會議上，我聽的時間多，說話的時間少，只強調要求入選的最後兩位老師必得到教室裏做一節課的示範教學、要讓學生和有心的同事們有機會去觀課和評議，作為日後提出意見的基礎。

我心裏以為這個學期會是個離開宜大前的臨別秋波，平靜如鏡，好好地寫完科研計劃的論文，呈交科研室，責任就完了。

換湯不換藥行嗎

誰知道學生們鬧事了。

應聘我空出來的職位最後入選的兩位新人，專業都是語音學，一位姓葛的已經有了博士學位；另外一位是夏明志，已經在西大通過了博士論文提綱的評審，目前正在寫論文。前幾年他本來是我們系的研究生，一直是我的助教，教學水平很高，喜歡語音學。系裏只有白慶餘是個語音學的專業教授，在宜大，因為沒有研究生對中國語音學有興趣，所以他從來沒有開過跟語音學有關的課程，可能是學生的水平不夠吧，如此一來，他就有極多的課餘時間做他想做的學科研究了。由於夏同學跟他的碩導白慶餘相處得很好，於是以個別獨立研究的方式，就給夏同學開了一個語音研究的專題，單獨在辦公室以討論方式上課。宜大之後，夏明志轉到西大語音系唸博士學位。

在系務會議報告委員會推薦的兩個人選時，白慶餘非常肯定地認為對兩位候選人滿意，特別表示夏明志日後的成就一定如日之中天；各人，包括我在內，聽了都頷首，領會了他言下之意。

夏明志自西大過來參加應徵面試的前一個晚上，就住到白慶餘家，第二天約了我在外頭見了面，談話之初，我和他都相信，他得到這個職位應當沒什麼問題。可是，當他告訴我他

那個晚上，在白家提到當年在東方語文系從我學之際，對教語言的方法得益良多這類的話時，我心裏就知道他謀求這個差事的希望可能已經觸礁了；他絕對沒想到白慶餘對我那睚呲之恨的程度，也許已經到了想把我生吞活剝的地步，所以，他的談話無意中就把自己設置於一頭純鹿的定位上了。

人啊，到底還是躲不了命定中對年輕者比較純良的安排。

獵者改弦易幟，全憑一己之見；獵人哪能那麼容易地讓這隻純鹿不全屬自己！獵場、政壇和職場，都有空心的蘆葦圍繞著，一不小心，這就是獵物致命的陷阱。叢林裏的生存規矩，似乎是強獸不食時不殺，動了食欲，就要施殺手了，看哪個獵物不幸地給碰上去罷了。

在兩位應徵者做示範教學時，白慶餘都去聽了課。並且事後把學生對兩人的評估收集了，讓秘書歐尼統計了學生們投票的結果，作為他們遴選委員會開會時討論點之一。事後，白慶餘把系裏決定了的人選，親自到課堂上給學生宣佈了。

人選決定的終局也正如我所料，系裏的五位終身教授，除了我，以四比一的投票結果，選了姓葛的那位，理由是這位老師已經拿到了博士學位。雖然相對之下，學生投票的結果，百分之九十五都選了夏明志。

學生們當場向白慶餘提出了很理性的問題：如果博士學位比教學效能明顯地重要，當初何必邀請了夏老師來應聘，何必要他做示範教學，而又「虛假」地讓學生們覺得有投票的權

利，最後無視他們的意見。而且，夏老師目前是個準博士，你們憑什麼就推斷他日後不會在他的專業研究上有過人的成就？早先不是有位遴選委員近乎拍案地說他可以保證夏老師肯定將來有突出的研究成果嗎？

這位學生問得好，我是親耳聽到那位遴選委員非常肯定地那樣為夏明志保證的。那個時候，夏明志還沒到來面試，還沒住進白家，學生們當然不知道夏明志告訴了白慶餘東方語文系的語文課程應儒河教授是不可或缺的老師那番話。

據說，白慶餘對學生說：學生們的投票結果，是在最終決定人選時被考慮的因素之一而已，其他還有系裏的前景與行政因素、校方對職軌的規定、遴選委員們的多數意見等等，都是很重要的，並不是像學生們說的那麼簡單。

學生們很反感，最後要把此事公諸於報，約見了校報的編輯部門。

一九九五年十月廿三日，宜州大學的學生報，頭條新聞登出：

亞洲研習單位學生聲言退課以表抗議

新聞內容簡略如下：

本報編輯部記者接見了五名東方語文系學生代表，要求與記者面談該系日前聘任新教授一事。

一位名叫鮑德文的同學給駱凌校長寫了一封投訴信，讓同學們都簽了字，投訴中文部聘請新教授準則不公平、置大學生們的學業與前程於不顧、漠視學生們對聘請新老師的準則提出的意見、不注重教學的質素。整個過程，只有一個委員到場觀看應聘者的教學示範，其他委員對如此重要的任務完全忽視，系裏過於著重教授們的科研等等。他說，他交了兩千八十八元的學費，認為應得到教學優良的教授來教導，教授的科研對他來說是次要的……

　　後來另一位叫朴雅倫的同學，帶著學生代表卜儒思，和一位校報的記者，一起約見了暫任的文學院院長艾茱迪教授，得到的只是官式的、虛浮的回應；艾教授認為東方語文系中文部遴選委員會的推薦和選人的過程完全合理，她作為文學院的院長，已經簽字同意了。她認為這一件事大家都表示了不同意見，事實上，投票勝出的一組，並不表示沒尊重投票落敗那組的意見云云。

　　艾院長對這幾個學生說：目前的大學生似乎比以前更關心他們的教育，這是個非常好的表現。她看到過去十年，縱使有機會讓學生對他們的教育提供意見，卻沒什麼人採取行動。

　　卜儒思反駁她，說這次中文語文部的學生行動，除了表示他們很嚴肅地重視他們的教育外，也在呼籲大學行政部門理解和接納他們的意見。大學應當知道，當學生們以行動來表示他們關心一件事的時候，已表示對大學置他們的訴求視若無睹

或充耳不聞，是非常憤慨的。他覺得大學已經把他們摒棄門外了。就他本人來說，他今年五月就畢業了，畢業後，他打算一邊工作，一邊繼續選讀大學的課，包括中文在內。從現在的情況看來，他不再願意踏進宜大的門檻了。他說：

「我打算選的中文課，就今年那位授課的老師上課的情形來看，老師根本不著重語言的實用功能，也不講究教學法。要我去上課的時候每每打開課本朗讀課文來消磨時間，我為什麼要面對一個像機器一樣的老師上課。我可以自己到錄音室去聽帶子。試問那樣的老師，院長你說他需要備課不？」

艾院長說：學生們只看了一位應聘者的教學示範，就下了定論，那是不夠的，也是錯誤的。

卜儒思再反駁她，說：「我不同意。我覺得我們的確是上了一位教學法很優良的應聘者的課；而且，我們平日在系裏難道就不知道別的語文老師上課的情況麼？我們都是活人，學生與學生之間是會常常交談和交換意見的。哪位教授毫無備課，大家心知肚明。」

一年級的女學生凱莉絲說：

「我非常同意卜儒思的意見。我對校方的決定非常失望，但我還是會在下個學期內繼續選課的。我願意給雙方一個相同的機會，表示我們的行動是對事而非對人，如果我覺得授課的老師太糟了，我肯定退選，甚至轉校。」

見過了艾院長以後，學生們甚為反感，告訴了記者，他

們決定約見文學院院長的上司倪敦副校長。學生們鄭重地說，校方如此不尊重他們提出的意見，會導致他們退學，並且要求校方退還學費的。

事後，校報記者致電給該系系主任洛爾納就此事發表意見，洛主任表示不予作答。

兩天後，校報的讀者意見欄刊登了一封署名賈言的信。寫信的賈言，自稱是中文部的學生，她跟系主任洛爾納談過話，獲悉該系最近聘請了一位新教授的流程，按她個人的瞭解，一切都是公開和合理的。她也揚言選過應教授的課，很欣賞應教授的教學態度和方法；夏明志先生曾經是應教授的助教，教學方法跟應教授的非常接近，得到目前的學生欣賞是理所當然的，所以大多數同學都投選了夏先生；但是，公平的競爭是要給教學法不一樣的老師留出空間才是……她自己去看了獲得聘任那位教授的示範教學，覺得他的教學取向就很不錯……

這封信的出現，背後指使的人是誰，我想不難推測得到。

我除了深深地被我那些些勇於發言伸張正義的學生感動了以外，我人微如塵，說話也不夠分量，但不免也對與這一小撮黑箱作孽的校內同工們有了恥與為伍之感了。我知道，不久之後，我就不用看著和再遇到我眼中這些猶如魑魅魍魎的作俑者了，可是，為什麼我竟然沒感到分毫的興奮呢。

在同一天的校報的首頁，另外還有兩則頗為令人矚目的

新聞。

第一則是宜大駱凌校長勾劃出財政預算削減的暫時方案。他報告過去兩年內，宜大已經削減了四百七十九個職位；在未來四年內預備節省出來的費用，將會是一千八百三十萬元，這筆經費，來自「重組」和「取消」大學內的某些部門和課程，其中百分之三十屬於學術課程，百分之七十屬於非學術部門。

學術部門受到影響的如下：

明年將停辦的包括：牙齒衛生部門；兒童行為與發育部門；家政部門；人類營養部門；經濟和財政碩士學位課程；荷蘭語課程；

明年把體育系解體，改為運動系，納進體育部門、各種運動和助興活動；

合併的包括：動物學和生物學合成為一個學系；

重組的包括：藝術設計和藝術史；

繼續觀察審核的包括：社會工作部門；解剖學；

受到影響的終身教授，男性的有百分之六，女性的有百分之十一。這樣的教授，將會被考慮安排到盡量接近他們的專業的其他學術部門去繼續工作。非終身教授的，可找大學輔導顧問商討日後的去向。

第二則新聞是有關薪水的處理問題：在一個勞資雙方的會談時，宜州勞工中心顧問歐而遜女士向駱凌校長指出，宜大

應當凍結聘請高級行政人員，因為不聘任一位拾萬元年薪的新副校長，省下的薪水，就可以留任三位文職人員；勞女士說宜大有太多的高薪行政人員，眼下經費緊縮，行政大樓被裁員的都是些秘書和助理文員，未免太不公平了。

宜州州縣與城市勞工聯盟的主席沙珂女士同意歐女士的看法。

駱凌校長補充，鄭重地說明宜州大學當前的高級行政人員數目已經很少，人數比同列為十大的高等學府都少，比方說，宜大現有四位副校長和五位助理副校長；俄大有九位副校長，五位管學術與課程建構的助理副校長，還有四位常任副校長；密大有六位常任副校長，四位管理學術與課程建構的副校長，還有八位襄理副校長；其他如艾大、普大等各校，情況都比宜州大學好。他又鄭重指出，由於宜大高級行政人手短缺，去年校董會已經批准了兩年以後校方可以增聘兩位副校長。

會議的最後，沙珂女士提出，宜州大學應當讓各部門的文職人員，包括一部分學生，組成一個委員會，協助大學尋找節省運用經費的可行途徑。

這兩段新聞，令我不知怎地就感到東方語文系的白慶餘、莫瑞、佟蓮、洛爾納，羅根拓，和分佈在大學其他學系裏跟他們品行同類的教授群組，說得好聽一點，他們是教育界中本該早就給摒棄的莠者，真像俗話說的「豬八戒照鏡子，裏外都不是人」，那會兒他們讀了駱凌校長在校報上發表重組和削

除某些學術課程和其他部門的計劃之後，肯定會忿怒地詛咒起來的；白、莫、佟、洛、與羅等幾位，說不定還都去學著唱誦近代的長「恨」歌呢。

就在物換星移的自然循環下，日子如常地又過了幾年，宜大的重組和整肅工作，徐步緩行，可是因為駱凌校長辭職，到東岸一所常春藤的大學當校長去了，大學在代理校長雷明頓的主持下，改革方案又立馬遲頓起來，一切處於「百廢待興」的冬眠狀態下了。

怠惰與敷衍，就是智者見微知著可以預想到的情況吧？

宜大，我鄙棄了它；但說到底，還是它給我提供了飯桌上許多年的麵包與牛油。我訂閱了郵購大學城的報章和大學生辦的報，想知道離開後宜州大學的消息；並非「身在曹營心在漢」，我覺得我和宜大雙方都配不上處於曹與漢那個時代的境界。

離開宜大後第一個令人振奮的消息，是從我訂閱的校報看到的標題：

全校教授集會通過，艾茱迪從文學院院長，
被投票革職，退回到她原本的德語系

代理文學院院長艾茱迪教授在大學公開招聘文學院院長一職，與另外三位外來的申請者的競爭中獲勝，得到正位。可

惜在正位後的第二年末，因為上任以來行政事件上措置失當到了極點，有數宗引出了大學被教授入稟聯邦法院提出訴訟，每一宗都給法院裁判辯方不值，大學賠款受罰之餘，醜名傳遍學界；

校報加評了一句，說她是宜州大學有史以來第一位學院院長讓全校教授投票給罷免的創例。

於人曰浩然　文天祥

猶記我離開宜州大學前一個星期，行政部門來了一封簡信，客氣地問我是否願意約見梅校長，稍談幾句。

梅校長約見我的事，早幾天我問了一下那位暫職的秘書尼姬，校長室還有再來電話確定見我的時間否。

我們系的老秘書歐尼膝關節有了毛病，獲得批准進度性的退休，每周只上班三天。我知道向尼姬這樣提了一下，很快就會讓整個系的同工都知道我要去看梅校長了。也許，莫瑞、白慶餘、洛爾納、佟蓮、和羅根拓這幾個莠者，內心就會有一些不太踏實的顫念，這也是心裏有鬼之人的正常反應吧。那會兒，在系裏每次碰見他們，我禮貌的笑容是故意特別可鞠的，想著這幾個膿炮，很快就會「眼不見為乾淨」，心裏就能平衡

起來了。

梅校長在中國出生，在上海唸國際學校，中二那年，跟著在中國傳教的父母，回歸美國，這麼多年來，她仍然能說普通話、上海話、和粵語，熱愛中國的書法，看過不少中國古今哲學的書籍，讀過紅樓夢的英譯本，很欣賞獲得諾貝爾文學獎的中國現代作家高行健的英譯作品。只因為不願意讓那段在中國可貴的生活日子隨風雨淡去，所以喜歡在華人的社群裏參加活動，結交朋友。她也來過我們的教會，參加禮拜。她的健談與及平易近人的態度，使她成為我們教堂裏的熱門人物。她在大學城的名氣，當是很少人不知道的。

妻和我，就是在教堂的聚會跟梅校長認識的，當她知道我們夫婦倆都在宜大服務時，特別高興，更因為妻的祖籍是瀋陽，那也是梅校長父母多年前踏足中國傳教的第一個城市，沒想到竟然會在宜州這小小的大學城碰到來自祖籍是瀋陽的遠方人，她深感緣份微妙的安排。

校長辦公室就在麥克柏萊大樓的最高層。穿過四位秘書們工作的大廳，我踏進了陳設樸實無華的校長室；梅校長把手一展，讓我把視線投到一幅徐悲鴻署名的卷軸，畫的是一匹雄氣萬千的駿馬，我們彼此相視一笑。她說，那是她父親最珍惜的中國文物之一。

我背南而坐，隔著一張寬長橢圓形的柚木辦公桌，藉著從背後窗外透進來的明亮，我還能看見她右頷靠近脖子那兒留

162

著一根一寸長短的軟毛。打從第一次在教會裏接近地看到梅校長，交談時我就被這位很刻意打扮的女性，竟然在臉上那個部位留著這根金毛干擾了我的思維，我為自己口語的間歇與斷續尷尬起來了。誰說女性的臉面要嫩滑得像剛剝殼的半熟水煮蛋那麼嫩滑才好！說到底這是個高度講究尊重個人自由權利的國家。

「儒河，怎麼我們見面時你從沒提出過要離開宜大呢？」她還微笑著，就開門見山地問。

我們已經相識快四年了，當然還沒到無話不談的程度。況且她是校長，太多的靠近她，可能就會有人認為訶諛奉承了。

「是沒提過，那只是一件不足一道的小事罷了，閒聊時免得掃了興。」

是的，我是有意不在那種場合談這件事的。可私底下，我心裏為如此的別離確實充盈著萬分的愉悅。宜大有著過多的沼澤和水潭，讓空心的蘆葦掩蓋著，養著過多的敷衍教育工作的莠者；不知怎地，他們的衣衫讓我看到的都像是用鱷魚皮製造的。我為自己終於能鄙棄如此一所高等學府，在挑剔的不安中還是感恩的。

我不對她說出這樣的話，只為我寧願想著未來更好的日子，無論如何，我很幸運會在自己認許的教育場所工作去了。

「我一向以為你和你太太會樂意在我們宜大工作到退休

的。」

「是啊。很久以前，我也是這麼想的。人事變幻，也是無常的吧。我們處於其中，只好作出相宜的應變，我，不過是學著鳥兒那樣，良禽擇木而棲而已。」

「那麼說，我們宜大，許是沒有上好的樹留得住你這樣的良禽咯。」她半開玩笑地，非常女性地，似問非問。

「我不敢這樣看宜大。宜大培養了我的教學經驗和科研，我崇愛我的工作，深愛我的教學和學生、我願意沉迷於我的文學批評和外語教學法的研究，更偏愛我的小說創作，然而，我還是選擇了離開。我想，宜大如果是一棵枝葉茂盛的良木，它肯定需要一家有良心的園林公司派出有責任心的園丁來看顧的，否則，多好的榆樹，樹根就會給寄生的蛀蟲，一年復一年地嚙蝕，終致枯萎而死去。」

「儒河，這個比喻非常警惕，你是否在告訴我一些什麼？」她顯得有點讓謹慎，抹去了臉上的笑容了。

「不。我們就聊聊而已。你是一校之主，日理萬機，領導著一群高層的職業人士，哪兒分得出時間去聆聽所有的人說這說那的。況且，很多事都是要走流程的，這種機械刻板官僚式的程序，恐怕是文明社會普遍遵從的吧，但是，誰又能保障流程中沒有漏洞、敷衍失責、藏私舞弊、利己損人、排除異己的行徑存在呢。也許，是我過於挑剔，我的弱點就是普遍對人缺乏信心，可惜在宜州大學，我這個感覺更比較強烈了些而

已。」

　　她很認真地審視著我。一瞬間，我又被她頷下那根在光線下若隱若現的金毛干擾得彆扭起來了。這時，聽到她好像在自言自語地說：「我該怎麼做才能令你無憾地離開我們呢？」

　　「莎莉，」她是如此讓我稱呼她的，按著中國人的禮數，我應當尊稱她，只是她很客氣地堅持我不那樣做。我看著她淺藍的雙瞳，誠懇地說：

　　「真對不起，如果你五年前就來了，也許我是不會動起離開宜大的念頭的。」

　　我提到「五年」，以她的聰慧，不難想到原因的出處吧。

　　這時，她桌上的電話響了；我連忙站起來向她告辭。

　　走出麥克柏萊大樓，踏著寬橫的石梯，眼睛溜過兩旁那幾棟圓形高壯的支柱，我不禁想起六年前這裏讓警方拉上了大黃色的封條的光景；林華表在這裏槍殺了一位副校長傷了一位年青的女秘書，事件永烙在我腦海，既揪心又痛楚，對有些人，也許這件事已經是茶餘飯後的閒聊。據說，時間是最好的療傷者，但也是看人而定罷了。

　　我在閩大的工作很忙，很有意義，也非常開心。放長假回宜州大學城，熟悉感絲毫沒褪色。宜大暗藏著的千瘡百孔，在人為的掩蓋下，讓蜉蝣得到營養，慢慢地侵蝕著這棵被撼動的大樹。我正在詫異看來不是庸才的梅校長，為何尚摸不清大樹的根層在損毀的時候，卻意料不到我一直在期待著的理想行

政執事領導，終於在宜州大學出現了。

二〇〇五年，羅沃磊教授接受了宜州大學的聘任，當上了三個副校長中職權最高的一位，是大學高層行政人員的第二把手，主要任務是督導全校學術課程的建構和大學科研的發展。

原來羅副校長在中國出生，在巴西成長，後來到了美國，十六歲時進入宜州一所有名的私立大學，以學士學位畢業，所以他跟宜州也算是有過那麼一段淵源。他的學術成就很強，獲得康州大學的碩士、密州大學的心理學博士，他的法律學位是哈佛大學頒發的。

從報上看到了羅副校長的履歷，異常觸目。來宜州大學之前的八年，他是西雅大學文學院和科學院的院長，兼任心理學和公眾服務學系的正教授；再稍前，他是科州大學的副校長兼任該校法律系的正教授；這之前的幾年，他是華大法律學院的院長，並被學生選為「年內最突出教授」。他的科研，專注於法律和社會科學。可以看到，他不但是一位行政方面經驗豐富的優秀人才，也是一位非常重視教學流程和成效的教育界精英。

服務方面也不讓人，他曾經是全美國大學法律學院聯會的會長，參與過不少社區團體的服務，也當過西城美國總統圖書管委員會的副會長等等。

九十年代美國國家的經濟萎縮，尚未能在殘喘之餘完全

回復過來，隨後而來的最近這兩年，國家更受了金融風暴、樓市泡沫、和兩大政府房貸機構破產的後遺症拖累，對所有受政府資助的機構，開始實行大幅度的經費削減，程度較諸十年前更甚。宜州大學行政部門高職人員，在當任校長梅莎莉的領導下，嚴肅地和盡量客觀地嘗試面對如何去開源節流以求存。負責執行這個任務的主管，硬生生地落在成功應徵副校長一職的羅沃磊教授身上。

新任的羅副校長，看起來真是有所作為、敢說敢幹的，是高層行政管理和課程建構的適當人選。

令人振奮的是，一上任他就表現出勵精圖治的精神和動力。藉著宜大研究院總院長凱勒教授的協助，成立了六個特殊任務的工作團隊，分門別類地，集中調查與分析大學陷進了亟需財政削減的起因，從而提供應對的方法，要求盡快作出初步報告；他聲明，無論從什麼角度入手，都不能對學生方面有所損害。

另外還有一個同樣重要的工作團隊，負責仔細調查宜州大學研究院學術課程結構的強點和弱點。這個組的成員，包括十八位教授，一個學生代表，另外加上兩位行政部門人士作為顧問。此組的工作範圍，囊括了宜大研究院的一百零八個部門。

可是，探討了好幾個月，始終無法立下定論，初步調查的結果，只能聚焦地向一些久存的缺漏提供了幾個必得改善根

本的方向，進度頗為令人氣餒。

　　經過了一年多的時間，調查工作組的初步報告終於能透露了若干重要的消息，綱領如下：

　　第一：大部分的研究院課程都辦得不錯；那些辦得不好的，必得立馬改良，否則將要面臨重組、合併、甚或解體之虞；

　　第二：評審過後，列出了得分最低的十四個研究院的課程，亟須再進一步嚴加評估；

　　第三：須要改構所有語言課程、生物學、健康教育課程、運動課程、及娛興創建的課程。

　　第四：把小的學系或其中課程與別的系有重疊的，先加以清除，再作出綜合的改革，比方說，生物物理學和藥理學就是一個例子；

　　第五：第二語言學習、應用數學、電腦科學、和經濟學等，歸納到文理學院的名下；

　　消息在校園公佈後，電影和比較文學系是其中一個被列為分數低的學系，系主任華倫廷教授說他系裏的同工已經開始絞腦汁構想改良的法子；但是聲明法子是否成功，是需要時間去證實的，否則，焦慮和激進只會引出更大的麻煩。他說他看到某些大學就是因為把不同的較小學系硬性拼合起來，結果變成了一堆爛攤子。

　　另外一個評分低的是綜合課程系，中心的助理主任葛茉

迪說：綜合課程系是個比較中立的單位，容納不同專業的教授一起合作，像其中的外語學習及文化研究課程，就是個很好的例子。她這個組織能為大學和學生提供普及教育的服務，她希望這個單位能獲准持續下去。

　　駐集在飛利浦大樓的各小外語系和系主任們，曾經應調查組的意見，討論過是否可以綜合地成立一個語言文化課程中心，調查工作組認為此舉可以幫補一些小的語言部門減低缺少學生的壓力。然而，討論一直就停留在討論的階段，工作小組成員看得出這幾個小外語系根本不在乎調查工作組提出的意見，他們只是在做著一些表面虛應的工夫，裝作個願意合作的態度。

　　因此，研究院的總院長凱簕教授，呼籲各院長參與他們附屬的學系，共同探討，積極輔導各系提出有意義的建構。

　　羅副校長勉勵地說：改革和縮減是當前不可或免的事情，問題就是，在此情況下如何去維持優質和強勢，讓宜大成為一所更健全的高等學府。

　　春去夏來，羅副校長覺得應當要向有關的單位公佈多一些調查的動向了；他做了一件前所未有的小事，就是讓大學高科技部門的視聽單位，在會議場所佈置了攝錄的設備，讓一個高科職員負責錄像的責任，羅副校長手下有一個專門小組，在每次錄像後，立馬檢看錄像的效果。他公佈說，這些音影錄像，最終是要存放在大學圖書館，校內師生完全有機會借閱。

當妻告訴我這個消息的時候，我請她帶上一個小而強力的錄音機，放在她的皮包之內，在能參加這等公佈會的時候，做個錄音，讓我有機會聽到全文，這比依靠報章的片面報道好多了。

　　報載：羅副校長出席了由十二人組成的大學校外顧問委員會，這些顧問，都是來自市內不同行業的負責人。除了他們之外，大學本部也有幾個學院的院長和秘書出席。

　　他按著研究院和課程調查工作組呈來的稿子作本，向大學顧問委員陳述了一些最基本但很重要的參考資料，讓大家商討，並且聲明歡迎校內外各方人士提出意見，約見或書面表達的方式都可以。

　　他認為：尋找資源、節約開支、重組校內現存的課程與各部門的架構，這三個方針，是眼下不可忽視的方向。如果校方不正視工作組提出的問題所在，以及不相應地作出改變或修正的話，宜大將會面臨更嚴重的財政危機。到了二〇〇八年七月一號，就得開始裁員四百八十六人，裏面包括起碼一百三十八位教授，起碼一百五十五位助教，不少於一百九十三位員工等職位。

　　他說：校方曾經考慮使用政府早前撥出的那筆「激勵基金」，來設置高科技教室，取替教授或助教，只用一位熟悉軟件處理的高級科技管理人員，聘用若干名以時薪為酬主修電腦專科級別較高的學生做輔助；這些教室，很適用於外語學習和

基礎數學的課程。可惜，由於應付今年即行削減大量經費的必要，這筆「激勵基金」也只好挪移過去作應急之用了，高科技教室這項計劃只好擱置一段時間了。

他鄭重地提出以下的觀察，說：「有效地運用金錢和人力資源，是對付失去經濟援助時最見效的辦法。只是宜大過去一直難以置信地、失策地在資源運用上出錯；比方說，校內起碼有一群七、八十位教授，一年裏頭每人竟然教著少於二十個學生的。根據兩位調查組成員細心翻閱文件，從本年的記錄開始，追源至十五年前的，在這十幾年的檔案裏，看到某一個系裏，起碼有四個教授，每學年只教六、七個學生，就是說，用十五年來算，這幾位教授每人最多不過教了一百零五個學生左右，十五年喲！人力資源是這麼運用的嗎？較諸同系的另一位教授每年教七八十個學生，十五學年教了一千二百個學生左右，相差十倍之多，為什麼該系從來沒有人檢討一下十五年這樣的分派授課時數是否公平？如此公然地安排誰人教什麼課，裏面是否大有文章？系主任看到否？同事們也視而不見嗎？授課擔子重的那位教授為何從來沒提出什麼意見？難道校方給他特別按授課時數相應地加了十倍的薪水？我想大學不會也不能如此破例辦事的。」

副校長這一番含沙射影的話，有心人自然會意。

一位委員發問：「你對這些情況，現在有什麼觀點？那位授課時數如此繁重的教授，他是個終身教職的嗎？你是否會約

171

見他談談？」

副校長回應説：

「個人的觀點是有的，但還沒到深思熟慮的階段，有幾個不尋常的現象，我須要再三檢察資料。總的來説，我還得跟團隊仔細商討過後，再作詳細的奉告，好嗎？至於那位授課時間超額的教授，當時是宜大的終身教授，我們看過，學生對他的教學評估都非常滿意，他的科研也是國際水平很高的，他對校外服務貢獻也得到優良的評價。可惜他已經辭職，到別的大學任教去了。我們留不住他，或者根本沒有留過他。」

他繼續作出頗為見微知著的報告，説道：

「處在經濟困境的今日，我們的大學著實不可能再維持學生人數太少的課程了。這些課程，必得取消或暫時停辦。原本任教這些課程的老師，各該系更應當想辦法作出教員重組的方案，把某些學生人數較多的課，按教授專業能力拆分，讓給這些沒學生的老師，甚或變作小組教學，去公平地分擔責任。如果系裏別的課，比方説，像語言課程這一類，當然可以創造更具體的辦法，比如：目前某學系有一門六個學分的語言課，教授每周上三個小時，助教每周上三個小時，而這門課，全級只有三個學生；用兩個老師去教三個學生，按比例去算薪率，大學得支付極高的開銷去維持這門課，這是個駭人聽聞的事實！州立大學哪能如此奢侈？這樣的課，絕對是應當停辦的。但是，如果這門課夾在學位課程的系列裏，為了不影響就讀學生

畢業的進度，暫時還是沒法取消的。唯一稍有幫助的法子，看來只能削減助教，如果這位教授其他的課學生也少，就可以讓他獨自擔任教這門每周六個小時的語言課，取消助教，如此，才對全校的教授和校方整體公平些。該系還要想一想，下一個學年是否還非開這門課不可的問題，如果選修的學生本年就都畢業了，下一年就應當停辦這門課了。」

「你這樣處理，是否有點越權，侵犯了個別學系的自主權呢？」一位從商的顧問委員問道。

喲！「商女不知亡國恨」，彼「商」並非此「商」，恨也悠悠。

黃鐘毀棄的時候，除了硬著頭皮去聽瓦斧雷鳴以外，如果不廢瓦斧，還是得去聽瓦斧雷鳴。掌權者，醒醒吧。

羅副校長回話：「固然，每個學系都有各自獨立和獨特的行政方針和管理方法，是謂分流，其結果仍是要和大學成為一個完整的體系，是謂合一。否則，面對瓦解片片，還能視若無睹，大言不慚地去妄想成功地申請到政府大額的撥款嗎？我的建議，只是個合理的建議，提醒一下，我所說的事件中那位系主任到底是怎麼樣管事的呢！」

也許，說到這的時候，他應當有點唏噓吧：

「況且，我的責任和權力，是專注在督導研究院的課程建構和科研的取向和成果的；我做的，完全是在我的職權範圍內要辦的事，每個系裏的事，理所當然要仰仗系主任們公平嚴明

173

地為大學服務了。我是為眼下我們的大學被政府削減大量經費的當口，而仍然毫無顧忌地誤用或者濫用金錢和人力資源，我必得要做出客觀公正無私的檢討；我非常願意跟同事們分工合作，嘗試找出最好的、最合理的應對方法；身正不怕影子斜，我問心無愧。」

然後，他直攻要害，提出：

「調查組更注意到，有教授為了補救沒有或欠缺學生選他的課，就開了一門三個學分，叫『獨立研習』的課，收一、兩個學生，每月只在自己的辦事處見學生一次，讓學生做個口頭報道，聊十五分鐘便了事。這樣的課，本來的初衷，是讓教授在擔任了全職授課的課時以後，再為一、兩個特別優秀的學生，在愛才若渴的情況下，自願加上的。但有些教授壓根兒完全違反建構這門課的初衷，太無理了；更有些語言課，教授竟然讓助教去講課，他自己每周三節的課卻躲到語言實驗室去，絲毫不必備課，機械式地去管理學生聽錄音帶子，這樣本末倒置的情況，也是惹人觸目驚心的。我還知道德語系有兩位教授，非常主張這樣的做法，認為教授不進語言實驗室的，不應當教語言課。其實，他們如此強調，只不過是因為他們向文學院的院長申請了大學給的一筆錢，讓他們去改進語言實驗室，他們需要多一些語言系的教授，去親自欣賞設備，才呼籲提倡這種本末倒置的教學時間分配的辦法的。如果這是證明助教可以取代教授去講課，大學何必付高薪請了這位教授呢。如此自

174

私的胡鬧，教學的質素是否受到很大的影響？學生們覺得他們付出的學費得到合理的回報嗎？大學的名譽又會受到什麼影響？校董會又將如何去看我們的大學？如何去向當地社會人士解釋這個現象？大學身為高等教育學府，我們身為高等知識分子，對理性的行為或處事，我們不都應當有自知之明，自我約束嗎？我覺得，我們切莫懷有絲毫『抱薪救火』的心態來處理當前的急務啊。」

君不聽，成語詞典裏有曰：越俎代庖、濫竽充數、尸位素餐這一類的的名句，可是發人深省的呀。

另一位在本地小學教育署上班的顧問舉手說道：「請問副校長，你在過往任職過的大學，是否也有相同的現象出現過？」

「慚愧慚愧；當然有，這是我親眼目睹和經歷過的。從大學生時代開始，我本身和同學們，就碰到過不少這樣的老師，我一般會自動退課，轉選其他的課，往往我也會先徵詢同學他們修讀的課老師是否是個負責任的；我甚至會先到課堂去旁聽一兩節課以後，才決定要不要選那門課，因為我不要浪費金錢、時間、和心力。到我唸博士學位時，就更小心了，一旦跟錯了博導，遺害無窮；我從事教學和行政工作後，冷眼旁觀，平日教學、檢閱文件、和核准學系經費的預算等等，都曾經發現過與宜州大學近似或相同的弊病，令我感慨很深，但是也得益於處理這種情況，才能積纍了管理這方面寶貴的經驗。」

羅副校長的報告，至此，聽者皆已鴉雀無聲；這是個一針見血的開場白，可以想像，聽得痛快者有之，內心咬牙切齒者有之，虛作嘆息者有之，一臉冷笑者也有之。

散會前，顧問團組長站起來感謝羅副校長常常出席他們顧問組的討論會。

副校長表示，如果不是事情太多太忙，他會盡量出席的。可能在兩周之內，研究院課程特別工作組將會有新的消息宣讀，歡迎校董會的成員、顧問組成員、全校的教授、學生代表、工作人員和記者出席。

我看了報，聽了妻給我的錄音，在百感交雜的情緒掙扎下，決定給羅副校長寫了一封信，希望以一位辭職教授的身份，提供一些自己以前在宜州大學服務時的個人實際情況和觀察到一些須要改進的空間，我這樣做，是因為我知道，他來了，我不再在從事教育工作這個行業裏感到頹唐和孤單了。

六月底，研究院課程建構和科研團隊一行八人，在圓頂大樓的會議室召開首次公佈初步調查的結果和建議，事前再重新聲明這個過程都被錄影，不願參加者可自便。

圓頂大樓本來是這個大學城被定為宜州首府時候政府的辦公大樓，後來因為城的面積過小，連飛機場都要使用臨近的城市的，交通不夠暢順，漸漸讓日趨繁榮的迪莫尼城取代了首府的地位。政府還是很珍視這所圓頂大樓的，一直撥款維修翻新，氣派還是存在的；會議室內的大彎圓桌設備，最適合比較

大陣容的與會者，大學順理成章地得到批准，用之作為公議的場所。

當日的會場，錄影師早就先到會場，確定視聽儀器功能齊備。

羅副校長讓這個特別工作組的領導，法律學院資深的包致禮教授宣讀調查後的結果和建議。

包致禮教授帶著沉重的語氣，說：大學面臨政府削減大量經費後的困難，我們整個團隊感到非常難過，這方面，羅副校長都重複地跟大家談過了；我們的調查，用小組及個人訪問的方式，跟很多教授和學生交談過，也讓自願參與面談的教授約見我們的組員，更仔細地看過大學官方的記錄，然後按照數據，作出以下三點客觀的建議，讓各單位慎重地參考，提出反應和意見。

第一：有十二個學系的研究生學位課程會被取消，或暫時不予經費支援。其主要原因是註冊的學生人數，如非近乎零，就是極少，有幾個課程很早就已經是名存而實亡。然而，每年還有學系把這些課程的「零開銷」做了假賬，融進該系的財政預算案內，呈交大學要求增加經費，這是很明顯的訛詐事實。這種違法的報銷，教授們知法犯法，是無論如何不能繼續下去的了，大學實際上是可以根據手上的資料，把這些訛騙的系主任繩之於法的。這些課程，我們委員會主張絕對停辦。大學的會計部門絕對會嚴謹地重新審核這些學系歷年的財務年

報，結果當然也會影響到某些教授的流失或授課職責加重，助教人數減少。

被取消的碩士學位與相應的課程包括：德語系的；俄語文系的；比較文學系的；東方語文系的；社會學研究的；口腔與上頜面部外科的；預防疾病科的；環境衛生科的。

建議成立「世界語言文學與文化」中心，準備囊括所有外語和相關的文學與文化課程。

被停辦博士學位課程的包括：德語文系的；比較文學系的；婦女研習的；統計遺傳學的；預防疾病科的；環境衛生科的。

這些被取消的各學系的研究生課程，對大學四年制內的課程幾乎全無影響，因為這等課程早就只是掛名存在，學生人數近乎絕無僅有。如果目前某學位課程仍有學生的話，這門課可以等到該學生畢業以後才停辦。

第二：把小的學系合併。學生註冊人數不夠的課，完全停辦；仍然得開辦的課，要分配給授課時間不足的教授身上；沒課可教的教授，乾脆接收助教的課時，或是自己能另外編出能吸引學生選修的課。再者，削減或取消所有助教；減少文職人員，合併後的學系，也許只能分用同一個文職人員。

第三：鼓勵教職員，特別是沒有學生選課的教授，提早退休；退休後的空缺，原教授不可以回來任教，就目前的情況來看，暫時不會聘用終身職軌的教授或文員了。

178

這段時間，已經讓全校教授會議被貶下來的文學院院長艾茱迪，已經回德語系教課，看到德語系的碩士和博士課程在被取消之列，如她有良心的話，會否想一想，自己為德語系一直瞞著校方虛報實際上沒學生或沒足夠的學生修讀的德語系碩士和博士課程，與及每年額外騙取校方發下經費的事，自她還沒當上副院長時就開始算，一直到被貶，到底瞞了多少年，騙取了大學多少撥給德語系的經費？那些經費的開銷，又是用什麼名目報上的，有心人不妨一算；又再想想這樣一號的人物，居然能在宜州大學作威作福地登上了比上千個教授較高的院長職位，領著特高的薪酬；宜大的糊塗，難道不是已經到了混賬的地步嗎？

此工作團隊聲明，這些提議，讓校內外人士商討以後，將會讓宜州大學研究院的教授們和已經獲得終身教授職位的同事們，分別作出推薦和投票通過後，上遞羅副校長；後者將文件呈遞大學校董會，等待批准。

在發佈會上，環繞著新聞記者、學生代表，維權組織人員、公平就業顧問部門的職員、大學教職員等等，坐滿了整個圓頂大樓會議室，有些人甚至靠牆坐在地上。由於這次削除研究院的課程異常龐大，裁員人數也頗驚人，有不少的現象更是校方和局外人從沒想到的，當場引起不少交頭接耳的騷動。

宜州大學研究院總院長凱勒教授首先表示意見，認為：「如此龐大的修改、暫停和削除課程，絕非一般大學傳統的措

置。調查委員會建議這樣做，是因為宜大多年來在課程的建構和審評方面的疏忽和錯誤所致，批准了若干本來就不應當開辦或納入研究院專業課程系列的申請；一旦批准了，也並沒設置一套慎密跟進監察的制度，去檢討該等課程是否實質上有效地操作，只一味相信該系的報告，年續一年地下去，遂釀成了尾大不掉的現象。委員會提出了上述要取消及修改的學系課程，不止令他感概，還極其痛心。特殊調查工作組，人力和時間雖然花了不少，但發現存在這些林林種種的病態，卻不是件難事。宜大目前的境況，實在已經到了刻不容緩去改正錯誤和補救的階段了，再不修進，看到一片爛攤子的日期就迫近眉睫。大家努力客觀地正視現實吧。」

當場就有一位藝術和電影單位的斐教授提問：

「凱院長你如此地說這些錯誤的造成，像是把責任都推到了低你們那一層的行政人員、各分院的院長們、和他們旗下的系主任們身上，甚或責怪與你們平起平坐的前研究院總院長和相關的副校長身上，這公平嗎？」

凱院長回應說：「我並沒有攻擊某人或是某個單位負責人的意思。我說了，我們管理階層的確歷年積聚地犯了上述的疏忽和錯誤，我並非在追究責任，而是針對事實而反思。特別是最先引起這些錯誤發展至今的某些人，或繼續走上錯路的人，其實他們都未必在任了，而存在的錯誤我們仍然得承受著、面對著，我們現在唯一的選擇，也就是別無選擇。我們即使是立

馬亡羊補牢，其實已經晚了，哪能再推三檔四地找藉口，抱著雙臂，作個冬眠狀態，期望不了了之啊。」

歷史系一位教授認為這特殊調查研究院課程的工作小組的組合，其學科代表人選的分配是不公平的。由於代表人物的意見對目前調查的結果有重大的影響，才導致了某些學系或課程被評審為水準低下或是不合標準。這些課程，大多數都集中在人文學科組別，似乎評審員對人文學科輕視，或存有偏見。人文學科因為本身獨特的性質，不應當和實用科學相提並論；人文學科事實上並不如實用科學那樣，能從校外帶給大學較大比例的研究基金，因此往往也令外行人覺得人文學科對社區的貢獻比較少；工作小組應當正視這個現象。工作小組指出亟需改革的單位中，光是藝術和人文學科就佔了全校的百分之五十，如此驚人的比例，是十分震撼和不公平的。

電影和比較文學系的安曼教授附和歷史系那位教授的意見，認為宜州大學繼續不重視人文教育博大的功能和目的的話，宜大雖然仍會存在，但實質上不過是一所製造文憑的工廠罷了。

雖然並不是人人都聽懂他的比喻，但是由於他在攻擊這個特殊的工作小組，在座的多半都覺得痛快。

凱院長回應說：特殊調查研究院課程的工作組有二十一位成員，其中十五位是被校方邀請加入的，另外還加一位系主任，一位院長，一位教授，與一位被挑選過的研究生。被邀請

的十五位成員，包括了人文學科的教授，都是代表大學有關鍵性的學術部門的，。因此，每一個學術部門，其代表的成員人數其實是相對公平的。

他再聲明，報告中指出被校方否決撥款支持招生或聘請教職員的十四個研究院的課程和單位，是明年一年之內生效的事情，本年的營運，校方還是資援的。

根據工作小組的報告，宜州大學並非唯一在經濟狀況轉劣受到衝擊的學府，據紐約時報的報道，全國有超過五十四所大學，取消或延遲聘請宗教、哲學專業和人文學科教授的職位。但工作組認為雖然人文學科常常在這樣的經濟情況下受到影響，但學科的本身是高等學府的課程中不可或缺的。工作組並非挑剔宜大的人文學科，而是提出某些人文學科必須客觀地評檢內部的組織，正視弊端，謀求實行一個優化的計劃。

會議後的三天，宜州首府迪莫尼城、宜大機場旁邊的司達城、和大學城三地的報章，出現了佔用了全版篇幅的一則廣告，針對宜州大學由羅副校長和凱院長領導下，所建議修改和取消研究院若干課程和學位的方案，提出強烈反對的聲音。廣告內容由歷史系兩位教授擬出，傳給了一百三十八位教授簽名，並且鼓勵支持者捐款，集資支付廣告費用。廣告的內容和反對聲音，與當日在圓頂會議室所提出的大同小異。

誰個不知單絲不成線

　　頗有意思的是，大學城的華人團體，如華人教堂、華人學生會、台灣同鄉會等，都收到有白慶餘具名發出的一封信，內容直斥羅副校長與研究院課程調查工作組之非。除了部分內容與教授集會上提到的之外，特別還指出東方語文在全世界政治和外交上的地位，認為削減東方語文碩士課程不但表示大學缺乏世界觀，從狹義的觀點來看，更表示宜州大學輕視東亞民族，特別漠視了中文的使用人口在世界上與英語齊肩的事實。宜州大學應當以有東方語文系而感到驕傲，目前竟然反其道而行。信裏並呼籲華人團體聯名向大學行政部門抗議，甚至組織一團示威人群，在大學校園拿標誌游行，以正視聽。

　　信中除了憤憤不平攻擊大學這樣的措施之外，字裏行間更表露出深深的恨意。白慶餘，他怒火焚心，忘形失態了。這個消息，令我禁不住想起他那多麼醜陋的「一錘定音」和以眥睚殺人的表情與習慣。

　　羅副校長和調研組提出的優化改良方案，對大多數有良知、知錯就收手的同事來說，不難接受；但是對於白慶餘這一類的人，一向行事都是屬於個人主義為先、並且愛鑽牛角尖，分不清楚「進退自如」與「一廂情願」之別。這等方案，對他來說，就像刺刀寸寸入膚，愈是緩慢，愈是傷得不淺。

可憐的純鹿，被獵人箭傷後尚且掙扎，何況一頭凶狼。白慶餘信內言辭間的恨意，像是凶狼被刺傷後的反應，非要咬死人不可。是可悲乎是可嘆乎！當日林華表自一個優秀的博士生變成了一個殺人者到底經歷過了多少內心痛苦和創傷的掙扎，白慶餘是不會領悟的，目前自臨困境，他可感覺得到？他，是應該要去體會的，因為林華表給家人寫的那封抵萬金的家書，是警方截獲後讓他給翻譯成英文，在本地的報章上發表的。如此方法去揚名的路，想不到他也願意上道；即使是就稍近的事來看，他是否應當有一絲地感到，他當日聯結了莫瑞、吳瑪芝、佟蓮等去配合了魯院長，來對付孤身抗敵的我那時是怎麼樣走過來的？

幾天之後，一位中文部的女助教，就在大學的學生報發表了一封信，內容在鼓吹中文部的教授們如何如何地才高八斗，學富五車，特別是大教授白慶餘如何如何是位名副其實的漢學家。其發表的研究文章，蜚聲國際，宜州大學取消中文部的碩士學位，無疑剝奪了他作育英才的機會，毫不珍惜白教授的存在，真是有眼無珠，何等地不能知人善任，犯了極大的錯誤云云。這樣一封猶如把鴨子趕上架的信，只能令人看到梧桐一葉落後是怎麼樣的境界。

有智者問曰：一些自視極高的學術研究名家，專門研究像：「龜茲語是否曾受中原音韻的影響」；或是「苗族裏的骨衡語怎麼影響了中原音韻？」這一類的題目，除了能自娛之外，

請問研究的結果對人類語言聲韻的發展或學術界的貢獻是什麼？受益的人群有多大？

白慶餘要寫那樣的一封信，就他個人考慮，我想，倒是非寫不可的，理由是不難明白的。

第一：

中文部取消了碩士學位，等於系裏再沒有研究生，也沒有了助教，他的古漢語課，本來就只有系內一兩個助教去選修，此措施實行下來，那門課自然要停辦了。那他掛著正教授的職級，就什麼都不用幹，興許，他還可能厚顏地高嚷著說課他是開了，但學生選不選與他何干！然而，大學能容納如此荒謬的邏輯，讓這樣的教授待到退休否？明眼人往深處一想，中文系的壽命已經屈指可數，連學士學位也開不成了，唯一能保留的，只有初級和中級班的漢語課。這兩門課，一個教授就可以擔得起，頂多加上一位能說標準普通話的助教就行。這個助教職位，其實也不用是本系的研究生，自國內來別的系的研究生裏，不少就能說很標準的普通話，其中當然也有不少願意得到些收入的。

白慶餘根本沒有資格教初級和中級漢語課，因為他不知道視聽教具是如何地重要，他也完全不懂把漢語作為外語教學的理論和法子。所以，他的下場，就會跟其餘某些教授一樣，唯一的退路就是提早領了退休金，在家過著他們平日不想授課的清閒日子。

第二：

最主要的原因：羅副校長和他領導的課程建構改革的結果和最後的建議，都正中要害地打擊了白慶餘在宜州大學工作這麼多年以來得過且過的教學態度，和他關上門自視為山寨主般的行為，其跋扈與專橫的心態已經到了旁若無人的地步。一旦遭到迎面而來如此極大的侮辱性的冲擊，豈能不極端老羞成怒，於是，置之死地而後生的匹夫之勇隨即貼心而上了。羅副校長和七個調研工作組，在白慶餘的眼裏，都變成了拉弓的獵者和七個設置好的陷阱，讓他這隻凶狼無法躲避、明知故犯地掉了進去。凶狼，也有像純鹿那樣無助的日子，只是，凶狼是會孤獨地狼嚎的，而純鹿，就是太純了。

奇怪的是莫瑞為什麼沒跟他聯名簽署那封信。莫瑞只教一門中國文學課，是與比較文學系共同開的，此外就在比較文學系開一門研討課，學生素來就只有三兩個。比較文學的博士學位和碩士學位、加上中文部的碩士學位都給取消了，學士學位也會因為沒有足夠的學生選她的課，使她的處境，眼下面臨的壓力，不比白慶餘的輕，恐怕也會感到職位岌岌可危。他們倆對羅副校長和他的團隊的想法，相信等同司馬超之心，路人皆見，是不足為奇的。

坦白地說，他們既然討厭教書，討厭備課和批閱學生的作業，平日心情自然會很不耐煩，這倒是不難理解的；然而，為甚麼不藉著這個機會，申請退休算了？他們的年紀早就到了

符合退休的階段，退休金加上政府設定的社會福利費，每月的收入都會比退休前增加了不少。他們卻偏偏貪圖大學沒有強迫退休的制度，硬佔著職位，尸位素餐地愛領高薪，阻擋了不少讓年輕學者入仕的機會，是不是太沒道德了呢？喲！君不聽，有口頭禪說：此國可是一個所有人都可以享受自由平等的權利的。

　　宜州大學如此大的改革，校報編輯部得到梅校長的同意，邀請各學系派出一位學生代表，共同出席校報舉辦的咨詢會議，讓梅校長回答對於課程建構因經費削減引出的改革和重組方面的困難，與其他相應的問題。

　　記者：在最近宜大醫院和診所的財務核實調查時，發現其中有一千一百萬元的開支沒列出名目，這是不是貪贓枉法？你對這事是怎麼看的？

　　梅校長：這次調查得益於我們可靠的會計團隊。我每隔幾個禮拜就跟我們內部的審核主任會面，聽取他陳述審核的現狀；我也向他提出一些他應當特別注意的地方，以便我更瞭解大學的開支的情況。今後的幾個月，醫院與診所的負責人，根據會計審核師點明的錯誤，將找出他們漏掉了的病人賬戶，清楚地把賬目仔細列出，按照服務的費用，向有關人士發出付款通知。如果不這樣做，就等於有人欠我們一千一百萬，對我們是不公平的。大學醫院和診所的行政人員，都承認這是他們處理不當所致，並沒絲毫辯駁，都承諾一定認真地找出錯誤的源

頭，謀求日後不再重犯這樣的謬誤。我已要求醫院和診所有關部門向我持續報告這件事的進展，務求追根究底為止。

記者：校董會提出要求大學提高少數民族學生的畢業率，宜州大學對此看法如何？

梅校長：我們已經在這方面做了一些值得肯定的事情。大學有一個叫做「宜州邊緣」的單位，盡量從各方面照顧少數民族的學生，使他們留在大學攻讀他們所喜歡的課程，一直到畢業。我們更希望能讓「宜州邊緣」這個計劃擴展，深入本地各少數民族生活的圈子，以期吸納更多的學生入學。

記者：對於大學明年的財政預算，你有多大的信心去維持足夠的開銷？

梅校長：明年預算的前景比去年的好多了。去年我們面對州政府大量的經費削減，已經把同工的人數裁減至最低的限度。我們也正在重整、建構、和縮減支出的項目，盡量保持大學優秀的基礎。起碼，我可以告訴大家，我們有信心度過這次史無前例大幅度的經費削減的難關的。

記者：請問校長，你對研究院的教授們將要投票改革研究院的課程的行動有什麼想法？

梅校長：我跟大學同工們的想法，大概是一致的。我們都密切地注視著研究院各個部門和教授們怎麼樣去回應研究院課程調研工作小組提出的意見。我自己是用寬宏的態度去看事情的。我覺得此時此地，羅副校長和凱總院長帶領了很多熱

誠和客觀的同事，針對這些重要的項目做了不少認真的調查工作，是難能可貴的。研究院課程建構工作組，提出某些學系須要重新評估和檢討他們目前存在的課程，作出改良或停辦的打算，我對這些計劃的看法是肯定的，從優化的過程中，我們需要經過精簡和縮小的整頓階段，再給予適當的時間段去觀看行動的成果，我們現在就是要看教授們如何下決定，採取最好的方向去進行改革的計劃。我個人會盡量支持他們的決定的。

停了一下，她繼續說：

值得在這裏補充一下的，就是我們很高興已經設立了一套頗為完整的調研機制，機制成員們所提出的改革方案完成後，我們就會考慮是否保存這些工作組，或者把它們再調整和完善化，變成我們整個大學行政部門一個重要輔助，這就是我們內部實施的監控機制，主要的任務是去阻止任何造成大學經費受損的作俑者出現，以及去清除這一類的人物或小組，使大學能持續地保護好我們各項建構的基奠，讓這些改革更趨堅固，持續發展。我想，我們可以問心無愧地面對政府和納稅人的期望，能使學生們和他們的家長們都肯定我們在教育上作出的努力。

記者：羅副校長指出研究院課程建構調查工作組，直追至十五年前以來宜州大學在人力和經濟資源方面犯了不少的錯誤；請問，這些錯誤只是從十五年前才開始出現嗎？為什麼不上追至源頭，從歷史記錄檢視我們宜州大學從何時就一直沿襲

前科的錯誤方向營運著呢？

梅校長：問得好。我和工作組的幾個領導人的確談到這個問題。大多數人都覺得追查到十五年前已經給我們提供了足夠的資料和信息，憑著這些資料，我們對大學裏人力和經濟資源的管理缺失，有了明顯而確定的根據，可以著手改善。再深入追源究始，其重要性是有的，但並不需要在這一時間段的工作範圍內展開。雖然兩段時間互相牽連，但是可以分開來觀察，再行動，我們覺得先解決了眼前亟須關注的工作為要。對事來講，這是很合邏輯的；對人，我們覺得羅副校長和凱院長都已經說得很清楚，讓我們知道切莫重蹈覆徹就夠了。

從二〇〇五年聘任羅副校長開始，到二〇〇七年，一千三百多位全職終身教授職軌的老師對研究院課程建構調研組所提出的建議投票中，以大多數贊成票通過了改良計劃，在梅校長和大學校董會的同意後，成為宜州大學有史以來最大的改革，二〇〇八年秋季開學開始實行。

我前屬的東方語文系已經不再存在，改制後與俄語系合併，以「東亞及斯拉維語文系」的名字出現。與中國語文有關的研究院學位，只剩下一個「中國文化綜合碩士」的課程，內容包括中國歷史，政治，文化，和十二個學分的漢語，學位附屬於新成立的「世界語文及文化中心」，可以說，不是中文部的學位。

宜州大學一直沒有設立退休年齡的制度，七八十歲的老

190

教授，仍然可以留任。可是優化改良計劃實行後，莫瑞和白慶餘的課，因為沒有了碩士學位，也就沒課可教，又不願意被分派到新成立的「世界語文和文化中心」和其他教授想法子融合在一起，成為「夥伴教學」小組的一員，合教一些他們不熟悉的科目。他們只好接受了校方的勸諭，告老回家，做他們的寓公寓婆去。兩位終於了卻心願，不必為光領高薪而折腰，更不必每周為教學纏身而厭煩，說句好聽的，獲批「榮」休了。

他們的收場，又令我想到卡夫卡那篇〈獵者葛拉卡斯〉小說中那個墮崖的獵者，以後不必再從事行獵的工作了。

日文部的那位洛爾納和印度語的羅根托，也因為校方規例，大學四年制的課，如果沒有十八個以上的學生選讀，校方不撥款支持，教這樣的課的教授，要不就提早退休，要不，在可能的範圍內，就歸納到「世界語文和文化中心」，與別的教授組合，分教一些文化一類的普修課。過去那種上班時間，像洛爾納那樣，穿得像個流氓，提著系裏的錄像機在街上到處漫無目的、胡亂地涉獵的浪蕩日子，最終成了歷史了。

獲悉我一直認為這幾個東方語文系所謂的教授但卻是教育界的莠者，終於得到他們應得的下場，我慶幸公道自在人心這句話，著實是有好幾分道理存在的。但世上，特別在我經歷過的高等教育學府裏，要是沒有真正的伯樂，前景並不樂觀，愛走歪徑的莠者永遠是有承傳者的。

在秋高氣爽的假日，我自米州開車回到老家陪伴妻子。

有一天從宜大的圖書館出來，已近黃昏，我沿著艾明湖畔的小徑漫步，不遠處落日俯視山下漸濃的秋色。我欣然看著靠近湖邊的平原上，幾隻純良的鹿兒，安詳地在青草遍長的鹿渡上，慢慢地嚼食；我帶著平和的心境，為我大學時期中文系系主任教授、接受我替她教職的胡教授、優化宜州大學的梅校長和羅副校長，和像他們那樣衷誠為教育服務的人士，永遠永遠默默地祝福。

　　這年，我五十二歲了。是那麼美好的一年。

老冉冉其將至兮，恐修名之不立 ——《離騷》

194

一顆剝開了皮的石榴

一九九三年三月九日，宜州大學大學報的頭條新聞，公佈了藝術系編劇工作坊單位的貝愷教授請了麥律師向宜州大學提出訴訟，控訴宜大三項罪名：

一、性別歧視；

二、針對貝教授的投訴而對她採取了報復行為；

三、侵犯了貝教授的法治保護權利。

遠處在肯州迪遜城的麥律師，給宜州大學下最後通牒，說明按信上的日子算，八天之內如果沒得到回應的話，將會入稟聯邦法院進行刑事訴訟。訴訟人是藝術系編劇工作坊部門的兩位女教授。

全校師生和大學城左鄰右里的衛星小鎮上不少居民，一般都從大學報和當地的報章讀到有關此事的新聞。

麥律師在六個月前，曾經為醫學院牙科部門中的牙齒衛生單位訴訟宜州大學性別歧視一案，法院判了個勝訴。

校方以該單位學生人數每年遞減為由，決定取消了整個牙齒衛生單位。校方的理據，是從記錄上看出十年來註冊的學生人數從八十個減低至三十六個，師生的比率是 1：12，遠遠低過全國的平均師生比率 1：25。再者，大學不少其他課程，像英語、數學、文化、歷史等課，能吸引不同專業的學生去選修，所以不缺學生，但是牙齒衛生部門所開的科目，除了本科生以外，就無法爭取任何學生了。單位也好像從不關心註冊學生多少的問題，從不想改良教學技術，或想法子加開一些適合

196

不同專業學生們也可以選修的科目；在政府給予大學資源大幅度裁減的壓力下，校方只好停辦像牙齒衛生部門和校內某些欠缺學生選課的單位或課程了。

牙齒衛生部門的三位女教授，聲稱大學此舉明顯地是性別歧視的行動，因為該部門從教授、前畢業生、眼前的選課生，以至文員，都是清一色的女性。此外，大學為了要懲戒她們的起訴，已經開始削減了單位的文職人員和助教，使到三位教授的授課和工作時數增加等等，引起了很多不方便的事情。

糾紛起因和過程看來並不複雜，校方從開銷和成本兩方面著眼，呈上多年來的記錄，讓校董會評閱，要求批准決定停辦牙齒衛生單位。校董會一共有九個成員，其中包括一個任期兩年的學生，其他成員任期為六年；這是一分義務的工作，不領薪水，但可獲得補回車馬費餐費一類的開銷。成員全部都由宜州州長批准後任命。

校董會經過數度的商討和辯論，有六位校董同意宜州大學漸進地停辦該單位，三位反對。反對者是三位女性的校董。其中一位性格頗為外向的校董，叫魏蓮思，她持有宜州大學牙齒衛生專業的學士和碩士學位。在校董會上極力為該單位辯護，但以少數票額失敗後，她揚言她對大學因為關閉牙齒衛生單位而被訴訟一事，毫不詫異；因為從她學生時代開始，就一直覺得宜大對女性，無論身份是教授、學生、或文職人員，向來都是不公平的。她覺得這件事並非表面上看到的那麼簡單，

骨子裏一定有不可向外公佈的隱秘。

　　宜州大學的女副校長盧德思支持校董會的決定，並且辯護大學要停辦牙齒衛生單位，是經過調查後有所依據而採取這樣一個實際的措置，她認為該部門對校方的訴訟，是不會改變校方的決定的。

　　訴訟者為首的裴教授，知道在大學所在的宜州裏，不會有一個律師有膽量去挑戰如此一個有龐大勢力的大學組織；為了伸張正義，反對被大學侮辱，遂豁出去了，她花了不少的工夫才找到了費用不菲的肯州麥律師，也知道了麥律師不懼權貴，曾經在他辦事處所在的肯州，為一位醫科的教授起訴肯州大學而勝訴過。

　　此案件在法院聆訊後，雙方達成庭外協議，大學答應暫時保留牙齒衛生單位，但是單位本年不能再招生，從學生數字上看，本年五月底，單位將有二十一個學生畢業，下一年畢業的學生人數，大致與目前的相同，一直到最後一個註冊的學生畢業後，牙齒衛生單位就正式停辦了，大學已經與牙醫學院其他部門商榷過，可以納入三位教授和一部分的課程。

　　自此，麥律師在宜州大學的聲名大噪。

　　舞台藝術系的兩位女教授，不找他還找誰？經過三次詳談，麥律師接了這件案子。兩位教授下了決心，不再給新任文學院院長艾茱迪任何面子了。

　　該系不算大，在架構上來說，也不算複雜，但從人事的

角度來看，確實是另外一回事了。該系是由六個學術領域或單位構成的；每個領域著實有一位頗有名的教授，包括編劇工作坊的貝愷在內，因此整個學系在全國享譽不低，設有研究生和四年大學部的課程。

貝教授是一所有名的私立大學安門哈斯特學院演藝系的畢業生，後來進入耶魯大學，唸完她的美術碩士，之後在世界各地如巴薩隆納、佛羅倫斯、杜拜、都柏林、新加坡、布拉格、紐約等地，創辦文藝工作坊，講授各種與創藝有關的課題和課程。直至被宜州大學國際聞名的「國際作家工作坊」聘任，並負責在舞台藝術系創辦了編劇工作坊，一直以來，這個單位都是她做領導的。後來學生的人數多了，跟著就加聘了莫萊瑞教授，協助擔任教授劇本創作和舞台表演的課程。兩人合作無間，教學成果有目共睹。

莫萊瑞是北伊州大學的碩士，主修戲劇與英國文學，畢業後，在中學教過十二年，後來在名校哥倫比亞大學戲劇系任暫聘教授。自一九八〇年至一九九八年，出版了十七個劇本，並且獲得了美國和國際十八個與編劇有關的獎項，其中包括宜州大學枚布魯克副校長的人文科學獎。那時她已經在宜州大學的舞台藝術系工作，與貝愷教授一同領導編劇工作坊。

莫萊瑞教授的期望，就是讓工作坊從一個培養編劇人才的溫室位置走遠一步，希望工作坊的學生，不光是局限於編一個劇本，作為學期末呈交的功課，以獲得學期的成績為終點。

雖然目前編劇工作坊跟某些職業舞台，合辦了學生到他們那兒去實習的課程，只是實習的時間只有一年，她覺得是短了些；她要以這樣的實習課程為基礎，鼓勵教授和學生們與校外的舞台建立更深一層的關係，除了實習以外，更可以合作創寫劇本，甚至成立互相臨時客聘的工作關係，擴大演出和執導的領域。她認為本系可以請職業演員到大學舞台來演出學生寫的一些劇本；學生也能被請到職業舞台去客串演出。學生編寫的優良劇本，應該被帶到大城去，比如在芝加哥、波士頓或紐約的舞台，讓學生們去演出、導演、和職業人士合作，與大學以外的觀眾見面。同樣地，系裏也會邀請校外的專業人才如導演、演員、和藝術設計家等到大學來和系裏全人合作。她已經邀請過紐約的兩位導演到來指導過本系編劇的學生，開創了很好的例子。

當時，外頭有人批評校園培訓舞台劇藝術人材，往往是走不出在象牙塔裏面工作的困境，雖然言過其實，但也不無道理。部份受過大學專業培訓的藝術家則認為職業導演或演員沒有獲得美術系碩士的，不適合到大學裏來參與工作。雙方各執一詞，難以確定誰是誰非。可幸的是宜州大學承認藝術上的成就等同於大學的美術碩士學位，這是十分可貴的。

莫萊瑞是個性格比較外向的女性，有劇壇記者問過她，她在「女性主義編劇家」、「女編劇家」、和「編劇家」三者之中，她自己認同屬於哪一類。她說她不主張把專業工作掛上了

性別的牌子，她，就是個專業編劇而已。

　　她出版過兩個舞台劇本，裏面的演員，全部都是男性的。那兩個劇，一個叫《殺戮場所的五個凶人》，另一個叫《童年戰友》，據說當年她是唯一的女編劇一連出版了兩個全是男性演員的劇本。

　　《殺戮場所的五個凶人》那個劇本在電影紅星羅拔烈福創辦的陽光舞蹈學院過場閱讀的時候，有幾位女編劇認為劇本中那些男性談到女人時用了不少粗獷和帶有侮辱女性意味的語言，要求編劇刪掉或修改，莫萊瑞一口就拒絕了，那幾位女編劇氣得一起就離場了。莫萊瑞認為，她寫的是粗獷的男人，就要用那些男人們談起女人時他們會樂意用的語言，這才是忠於劇中人個性的寫法。

　　後來她寫了個叫《小勝利者》的劇本，改變了一般人對「貞德」作為「聖女」的傳統看法。莫萊瑞把「貞德」改寫成一位英勇的戰士，因為她的日常生活、一飲一食、一言一語、睡覺的地方、洗臉刷牙等等，都全部與她同隊的男軍人一起，她十六歲就已經能領導這一支軍隊打仗，她實質上就是個鬥士。所以，作為一個忠於事實的編劇，她不願意像蕭伯納那樣，筆下的「貞德」徹頭徹尾就是個宗教意義上的「聖女」。

　　那時的系主任麥維教授，是名校史丹佛大學的學士和碩士，又在耶魯大學深造，獲得美術碩士。來宜州大學之前，他曾是普林斯頓大學的教授，十四年來主管該校舞台與舞蹈課

程。之前，他是一所私立大學研究院夏令課程的英國文學教授，並且是該校演藝團體的主任。他導演過的作品超過一百部，在有名的劇場，如科利弗蘭歌劇院、莎士比亞劇院、北燈劇院、麥卡特劇院、河畔教堂劇院等等上演過。在宜大，他教的是編導和演藝等科目。

有這樣的學術背景和專業經驗，在前任的系主任退休後，麥維被魯院長暫委任為代理系主任一年，直到文學院從系裏面的教授群中挑選出一位擔當系主任一職為止。魯院長約見了三位教授，分別評估了三人會面時的談話，最後還是選中了他。麥維本來就不滿莫萊瑞提到前任同事們只安排了系裏的學生到校外的職業舞台實習一年的時間太短、又缺少與外間舞台建立長遠的合作計劃，很少邀請外來的職業人員到校內交流的機會等等。這一切像是指責他這個系主任沒全心全意為系裏發展、甚至沒為整個戲劇行業提供足夠的服務，這些，對出身於名校的他這麼多年來在戲劇專業付出的心血是極大的屈辱。摩擦之苗，自此苗長。

曹丕的〈典論論文〉有句名言曰：「文人相輕，自古而然」，借此以看藝術專業者，何嘗沒有不同的現象。時遷世易，人的心態，恐怕還是往往表裏不一地與世共存吧，在文明的掩飾下，公眾場合的聚會，交往也見到粉飾昇平，歡笑融洽的場面。而人的本性使然，自然會有人各懷鬼胎，勾心鬥角，爭權弄奸。其心角陰醜之處，突然爆發時，令人防不勝防，在

政界如是，在大學裏的所謂知識分子群集中，何嘗不然。

貝、莫兩人因為覺得在系裏受到性別的歧視，給她們造成了敵意很深的工作環境；訴訟特別指控文學院院長艾茱迪教授濫用職權、違反國家憲法，剝奪了她們倆平等自由的權利，否決了她們參與小組調查的討論。由於要躲避敵視的工作環境，她們打算把編劇工作坊從該系抽離，在大學裏另外找一個學系歸隊，兩人向代理校長倪裴德教授和文學院院長艾茱迪教授呈遞了性別歧視的投訴，被校方設立的一個小組委員會聆聽了此事件，後來，竟然決定把她們倆從舞台藝術系撤了職。

記者就此事走訪文學院院長艾茱迪教授，艾院長否認撤除了兩位教授在舞台藝術系的職位，只不過安排了她們在別的學系任教一些特別的課目，至於是怎麼個特別法，艾院長說暫時不會公佈。

記者又問及有關聆聽投訴小組方面的事，艾教授說她不打算評論那個小組委員們為什麼建議把兩位教授撤除的原因和決定，只說小組成立的目的是調查編劇工作坊是否應當繼續屬於該系的一部分，若然，該部門和該系又是個怎麼樣的關聯。她說，小組人選是公平地由外系六位教授組合而成的，組員的建議理應是客觀的。

麥律師跟兩位教授談論了幾次，整理出幾個重點：

其一：

貝教授當年受聘的時候，她的年薪只是一萬七千元，比

起系裏男同事們的薪水低得多，校方應當調整她的薪水，從目前的年薪兩萬元增至等同系裏男同事的薪酬八萬三千元。另外因為此事對她的精神打擊極大，故索償治療費用及有關開銷八萬五千元，加上追源底薪過低而引致目前薪水少於男性同工，索償補薪及利息六萬元，合共二十一萬一千元。

其二：

文學院院長艾茱迪教授徵詢麥維系主任的意見和提議，請外系的教授組成的六人調查評理小組，並沒讓她們兩人看過名單，這已經是很不公平的安排。兩人早就聽說過去文學院的院長魯教授，常常就用這樣的招數，去排解他屬下的學系裏面的人事糾紛，委員們都是他自己和被訴人斟酌過後才定下。大家都知道，公正的評委會會員的挑選，投訴人應當有權利去同意或否定名單上的名字，以及可以要求另選別人的。只是文學院處理這一類學系的投訴而成立的委員會或小組就是不一樣，人人均知魯院長是向他約見的教授暗示，他傾向撤銷這個投訴事件，再察言辨色，選出他認為領會了自己意向的教授，邀請作為委員。這樣做，被選中的人，不管是該本系或是外系的，最終的決定都一致，早就在魯院長掌握中。所以他往往能強詞奪理，把投訴人壓下去，了結了投訴的事。如今的艾院長，唱的顯然是同一個調子的曲牌。

在如此安排的情況下，貝、莫倆人只能讀到一部分小組的報告，更沒機會讓她們跟任何組員見面；組員們的批評，不

管合理與否，她們都不知道，故而也不能當著組員們面前解釋或辯白，甚至到了小組作出了決定以後，還被蒙在鼓裏。

其三：

她們倆人認為麥維系主任的專業訓練，是沒有資格在編劇工作坊任教的，但是他利用系主任的身份搶教了她們教了多年的科目。他常常主觀地做出不合邏輯和錯誤的安排，並且曾對她們兩人威迫、口頭恐嚇，有幾次在會議時向她們無禮地大嚷；更有一次在會議後，把莫教授逼退到牆邊，警告她以後不可再對他作出任何負面的批評。她們覺得自己合理地運用學術自由發言的權利去投訴系主任，沒想到校方竟然蠻橫地把她們從系裏撤除，她們認為大學這個決定是一種報復性的行為。

其四：

莫萊瑞教授透露，艾院長把她安排了去英語系教大學一年級的英語修辭課，和語音學系的英語聲韻入門課，她認為這是個報復性和侮辱性非常高的行為。因為那些都不是她的專業，這樣的安排同時也冒犯了符合資格教英語的老師；她覺得一般行外人都錯誤地認為凡是能說英語的美國人都能教英語，可嘆像文學院院長艾教授學術水平那麼高的人，竟然幼稚到跟行外人一樣，隨隨便便分派教學科目的安排。她心裏養成了這樣錯誤而糊塗的觀念，不知已經多少年了，可見她是不配做文學院院長的，應當馬上辭退。她和貝教授非常詫異大學對存在這樣尸位素餐心態的高職人員毫不在意。

其五：

莫萊瑞教授本人是個高層次的編劇家，也是個終身職軌的副教授，劇評家認為她出版的八個劇本，都是可以在百老匯上演的；她獲得過無數的獎項，包括國家基金獎和兩次宜大的福爾布萊特出國進修獎金。她的課，只有專業水平高的編劇家才可以教。據她所知，接替了她和貝愷教授去擔任編劇部門的領導麥維系主任，並沒有出版過什麼劇本，他不但沒資格當上系主任，更不合格去教她和貝教授的課。麥維其實也竊用了她本人的建議，邀請外來的專業人才當客座教授或講師的做法。在她到宜州大學以前，系裏很少有這樣的安排，而麥維的構思能力其實並不高。

在一個文明國度裏的高等教育學府，竟然實行這樣不開明不公平的措施，實在沒人相信。也許，是否大學這個小政壇裏，有些人看到國家議會某些政壇人物的作為，覺得值得效法，就依樣畫葫蘆做出不合邏輯與有乖常理的行動呢？

麥律師什麼事沒閱歷過？他公開說，宜州大學有歧視女性的案底，認為兩位女教授不必再猶豫，別再浪費時間去等候大學的回應，儘管早些進行不需要陪審員的訴訟好了。

大學的代表律師舒宣慈說，他將會盡快在月底前做出書面回覆，認為這類事件無非是大學裏學術部門的人事糾紛，行政部門一直在希望能夠避免法庭上的訴訟，尋找以談判方式，找到和解的辦法是最好的。

莫萊瑞教授通過麥律師向大學透露，認為行政部門對她們倆人的投訴，根本不上心，看來此事非鬧到讓法庭去處理不可的地步，才能讓行政部門有所改觀。不過，説到以談判方式來解決問題，她本人會在有條件的情況下，可能考慮撤銷個人的訴訟。

她提出的條件，除了那些讓麥律師進行訴訟所列出的幾點，還包括：解除麥維當編劇領導的職位，並且不再讓他任教跟編劇有關的課程，讓她本人回復原來的工作，去任教她數年來教授的課程；或是讓她把編劇部門帶至校內另一個學系去繼續辦下去，要不然，就讓她在宜州大學專門做編劇和有關的研究的工作，不必授課；對於被安排去教英語修辭學，乾脆就讓那「萬能」的艾院長自己去教好了。最後一個要求，必得讓大學對她和貝愷教授書面做出正式道歉，承認失誤；如果這些條件得不到校方認許，那就決定在法庭上見吧。

在她們兩人清楚地交代了讓麥律師處理訴訟後，由於文學院院長撤了她們在編劇工作坊的職責，也不管他們同意否，便自動分派他們去擔任另外的職務。貝愷忍無可忍，索性去了澳大利亞，與某大學商議，在那兒的舞台藝術系作客座教授，她已經對在宜州大學的去留不感興趣了。她本人讓麥律師向校方透露了有異於莫萊瑞教授提出的條件，主要是考慮到她在宜州大學是個終身教職的正教授，她要是留在宜大不走的話，按年資計算，到六十五歲甚或更晚些才退休，她會得到的薪水總

額是多少，讓大學嚴肅地考慮她索求那一筆先支付的款額。

麥律師對她的勸諭是：在任何情況下，切勿把這個數額向任何人提及，以免在達成協議前橫生枝節。

貝愷的要求，莫萊瑞當然知道，兩人早就有了默契，絕對不能讓大學行政部門和麥維系主任無理橫行，把她們當作純良無知的鹿兒，驅逐至大學給他們設置的陷阱去。麥律師暗示，既然大學的舒宣慈律師已經表示大學是不希望這事鬧到法庭去，雙方談論條件時應當有不少的空間，不妨沉著氣，好好地想清楚，做好長遠的打算。

三個月以後，大學城、斯達城的報章和宜州大學的校報，有心人都看到了兩則簡單的新聞，簡述了有關貝、莫兩位教授與宜州大學的糾紛和結果，說：貝、莫兩位教授，通過麥律師和校方代表舒律師的商討，終於達成了協議，貝、莫兩位教授撤除訴訟，各自得到了一筆不向外公佈的補償費後，自動辭職。校方鄭重地聲明，日後兩位教授的一切活動，都與宜州大學無關云云。

宜州大學這兩年犯的官非，即使只有一宗，也嫌太多。近日頗為令人觸目的就是物理系一位有名的元老法蘭克教授，因為揭發兩位同事的研究計劃有抄襲嫌疑，被文學院院長艾茱迪認為他是在別人背後捅刀子，是個職業缺德的行為，校方決定下一年扣除他來自校內的獎金一萬三千五百一十六元，要求法蘭克教授向那兩位同事寫一封鄭重道歉的信，聲明他們兩位

的研究計劃並沒抄襲的行為；校方並將由大學校長寫一封懲戒信，永遠儲存在法蘭克教授的大學檔案裏。

　　法教授在宜大三十七年，為大學帶進了七億元以上的研究基金。法教授認為校方對他的投訴竟然採取逆向處理，異常不當，已經去信警告文學院院長和新任大學校長寇雯教授，他正在循法律途徑控訴宜大，要求賠償損害他的聲譽，賠款額是五億美元。法蘭克教授說，不管他的控訴是成是敗，他仍會如常地在宜大教學和從事研究，並且相當有把握地仍然會獲得一張或兩張超過十億美元的研究合同。

　　跟著，文學院的院長艾茱迪教授的矛頭指向助教，懲戒了一位「美國研究系」的一位助教，因為她在課堂上放映了一部叫《巴黎在燃燒》的紀錄片，內容是描繪男穿女服的人物的生活方式，令到三位學生非常反感。院長接到投訴，認為助教事先並沒向學生們明示記錄片的內容，讓有些可能不能接受如此內容的學生預先避席，助教也沒有在課堂上給學生分發大學有關投訴過程的章程。

　　根據小組的調查，事實與院長的懲戒信所說的不符；助教提出了證明：對於大學有關投訴過程的章程，知者甚少。由於這一類的公佈文件入檔何處，一向隱晦得很，不容易讓她那樣身份的職員找得到。而且，她並不覺得、也沒得到大學的事先指示老師們教課，第一時間就要考慮到給學生發出有關大學投訴程序的文件。她教的那班學生，在紀錄片放映前，全部都

得到預先通告有關紀錄片的內容，以便容許學生請假，如非缺課超過一兩個星期以上的學生，大都知道有預告。事實上那三位學生，從點名冊的記錄來看，是常常缺課又不請假的學生，學生缺課，事後如果不自動向教授要求補發講義，一般都是責任自負的。

接著，學生對大學的控訴，也開始了。一名（就只一名而已）叫何若瑞的大學生通過律師，入稟地方法院，控訴大學不按合法程序、沒預先通告、不建議任何補償，就取消了他和其他同一學年入學的三千名大學生的獎學金。大學因為經費被削減了八億美元，迫不得已取消了已經發出了通知頒給學生們的獎學金，為的是每年可省出四億三千萬的開支。律師認為不管是否情有可原，但是規矩是規矩，法律歸法律，現代文明社會，「法律不外是人情」這句話早就吃不開了，而且，沒人可以超越法律，去做出一廂情願的行動。

大學始終是個人類管理的機構，人為的錯誤，負責的是人。此案還在等法院的判決。

在宜州大學全體教授年會上，有一組教授認為已經到了不能再忍的地步了，動議文學院的院長艾茉迪三個月後卸職。原因是她就任以來，至今還沒過兩年，就已經累累處事欠缺周詳，失策的地方太多，讓大學陷進了好幾場官非，受罰和賠款之多，是本校史無前例的。年會一致通過，剝奪她日後從事任何行政職位的權利，回歸她原屬的德語系，讓該系安排認為適

合她的一個職位。有人説，像她那樣鼠目寸光、自私自大、弄權專橫、目中無人無法的小人物，是始終上不了大堂的。

第二件學生的訴訟，起因是一團學生申請成立一個宗教團，該團的團長是一位同性戀者。大學不同意該團有這樣的一個團長，便拒絕接納這個團體的成立，團體透過律師，直接控訴了大學宗教歧視和蔑視人權自由。

經過四年的雙方辯駁、調停、和談判，最後還是對簿公堂，讓法庭裁判了學生宗教團組勝訴，大學得支付代表該團組的律師費用和團組的損失，一共兩百萬美元。

大學敗訴後，宜州政府的財政部長湯律師在開付支票前，向州政府的訴訟部門的謝律師問，為什麼這件案宗賠款金額如此龐大。謝律師回應説：事情開始前，控方只是要求成立一個學生宗教團體，就這麼簡單，卻被某些人拒絕了。到後來一位同性戀的學生提出了控訴，事情就變得複雜和嚴重起來了。奇怪的是，難道大學沒向他們的顧問辦公室就此事徵詢過，或者跟他們法律學系的教授們研討過，就一口氣否決了這個組織的申請，以致被認為漠視「人權平等」這條重要的憲法，強勢執行大學的所謂〈清檢學生團組〉的行動。但是，同一時期，大學卻對其餘的三十九個學生團組，採取不聞不問的態度，明顯地做了有選擇性的歧視行為。

事實上，宜州法律是認許同性婚姻的，宜州大學也有男女教職員公開聲明他們與同性伴侶的關係，也得到與其他同事

們同樣的退休計劃、保健系統等等公平的待遇，為什麼偏要挑剔這個學生的宗教團組呢？至於罰款，光看律師費計算，賬單列出事件的處理過程歷時三千三百個小時，超過兩千六百頁以上的公文、經過八次的交涉會談；兩位外州的律師，收費每小時七百九十九元到九百一十四元不等。律師所都有白紙黑字的詳細報價證明，無可抵賴。

　　法庭認為：辯方，包括當時大學校長和處理學生生活事務的副校長等高層行政人員，他們一向對美國第一條修正憲法採取視若無睹的態度，甚至不管一切。在明知故犯的意識中，迅速地採用了錯誤的處事方法，這種不了了之的態度，實在是輕蔑地違反了人權平等，以高壓手段欺負一群他們認為可以不費吹灰之力，就能打敗的學生團體，實屬不可原諒的知法犯法行為。

　　那幾年間，宜州大學被控訴到法庭相見的官非，或大或小，何其多也。下列見報的案宗，只不過是一部分已被裁定或是仍在等候法院裁決的訴訟。有的案件看似繁瑣，但卻反映了處事人的隨便與可恥的心理病構，害人不淺之甚：

　　＊教育系裏公開教育部門的一位主管，六十一歲，姓郭，是個女教授，被文學院院長艾茉迪解雇。解雇她的原因，並非她的工作表現不良，而是對她的年齡與性別歧視；因為解雇了她後，大學很快就聘請了一位比她年輕的男教授取代，薪水比她高出很多。法院判決大學賠款三十二萬，並且要教育系

安排一個適合她專業的職位，薪水不可低過新聘任的男教授。

＊兩位外國學生，在上課時被教授勒令除掉他們宗教規定出門必須戴著的頭巾，兩位學生的代表律師控訴大學漠視和違反兩學生的宗教信仰；

＊家長控訴大學管理不善，視人命如兒戲，引致他們那個十八歲的兒子因為宿舍四扇外門鎖閉，不能進入內間用學生卡打開內門，在華氏零下五十二度的氣溫下，活活凍死。

＊大學醫院管理部門越過法定時限，不發付一千一百個員工超時工作的薪水，又耽誤補發以積累假期轉換的薪額；此案若敗訴，大學將要付償一千五百萬至六千四百萬不等的罰款：

＊ 又一學生宗教團組控訴大學歧視後獲賠款一百九十三萬元：

＊ 大學校園一名警察控訴大學年齡歧視被逼退休，要求賠款五百八十萬元：

＊ 大學體育系三位女性游泳教練控訴大學性別歧視、停辦女子游泳組，引致她們被解雇：

＊ 大學醫院和社區大學合辦課程裏的兩位外國女學生，控訴大學宗教、種族與性別歧視：

＊ 大學醫院一位黑人高級註冊女護士，控訴行政部門性別與種族歧視，製造敵視的工作環境，把她分派去做比她同等職位的同工更低等的工作。

在資本主義的國度裏，犯了刑事案件的人或機構，坐牢或賠款，是比較一般的對受害者的補償辦法，不能說是解決問題的最佳措置。宜州大學多年來行政上人事複雜的難度，並不比別的大學高，只是主事者態度欠缺客觀和謹慎，處事的方法既武斷而輕率，恐怕別的大學難比。校內雖有維權單位和人權平等單位一類的設置，主管卻因為看中高層管理者散漫的態度，有樣學樣，是故因循怠惰，整體積弊壘深。但大學卻沒有一套恆常健全的評估機制，讓問題一拖再拖，遂陷進了尾大不掉的境地。一旦賴以為生的政府撥款大量削減，蚍蜉撼大樹的前景，盡現眼前。

一顆外皮紅豔豔的、成熟了的石榴，外表好看，卻有人反面地說，「剝開石榴皮，一身都是瘡」，把這種果子貶到不值一分錢，這種說法，未免主觀和狹隘了些，當不可取。一般營養專家都認為那些子兒連包裹著子兒的軟質，營養非常豐富，對人體的內臟和消化系統、降低膽固醇和血壓，都有一定程度的功效，都是可以一起吃下去的。在吃的時候，如果囫圇吞棗那樣咽下去，提防會給嗆著。

附錄

淡遠的散文式小說──陳炳藻的〈投影〉讀後

黃維樑

目前在美國愛奧華大學亞洲語文系任教的陳炳藻教授，原是我大學時的學長。他在一九六八年畢業後赴美深造，我則在六九年畢業，也赴美讀研究院。那一年的隆冬，我到紐約探朋友。一天，竟然在時報廣場巧遇到炳藻兄。偌大的美國，原來那麼小。我們似乎置身於小說的戲劇性場面之中，頗有驚訝之感。巧遇之前，我本來已打算探聽他在美國的地址，以便聯絡。這次「他鄉遇故知」，省卻了很多探聽的麻煩。此後，我們經常有書信甚至電話往來。我在美國的七年，彼此見面的機會相當多；紐約、賓州伯利恆城、芝加哥、威州陌地生城等，都是我們曾經暢敍的地方。八一年秋天，我在陌城客座了一個學期，炳藻和我更在陌城和愛奧華城見了好幾次面。今年夏天，炳藻離港十五年後，第一次回來探親；訪友當然也是活動之一，於是我們又敍舊了。何紫先生經營山邊社，出版的書籍愈來愈多，範圍愈來愈廣，小說也包括在內。我向炳藻建議把他從前寫的小說結集，交山邊社出書；他欣然同意。就這樣，

《投影》快要出版了。

　　這本書的十二篇作品，大部份是六五至六八年發表的。六六年的特別多，共有四篇。這些作品多數登在《中國學生周報》上。那時，戴天、陸離、西西、亦舒、古蒼梧、李縱橫、黃濟泓、也斯、綠騎士等等，當然還有陳炳藻，策騎縱橫於《周報》的篇頁之上；詩、文、小說，蔚然可觀。在斑駁陸離的縈然文風之中，炳藻總給我淡遠的隱者的印象。〈投影〉篇是這樣結束的：「……搜索和捉摸一些扣心的回憶及一些彌談的影像，而那深藏心底的童稚之愛，便如綿綿而來的暗流，緩緩地，舒卷地，把我拉送到不知名的地方。」〈籬邊的音樂〉那篇則這樣收場：「他們仰望一下霧中那霓虹的十字架，那驕傲的十字架，然後默默地上路。」如以電影手法來表示，就是鏡頭拉遠，然後淡出，留給觀者無盡的回味。

　　激情不常在炳藻的小說中出現。〈籬邊的音樂〉中，樂師漢納的太太去世了，在喪禮上卻沒有人哭泣。〈投影〉寫敘事者的大哥反抗父親，要追求自己的文學理想，但作者並不渲染兩代間的衝突，和巴金《家》的劍拔弩張全然不同。後來大哥死了，而作者交代的筆，淡到就像楊絳《幹校六記》裏那種輕描。〈面譜以外〉和〈潮的旋律〉寫年輕女子對成熟的中年男子的愛情，著墨也都是淡淡的。

　　雖然淡，卻深且遠。〈投影〉中的手足之情，〈籬邊的音樂〉的朋友之情，絕非泛泛。後者有這樣的片段：「那是一首

很美很美的歌，……那深藍發亮的眸子，一環光采中沒有一絲喜悅。他那粗大的手，熟練靈活地在喇叭上按著，他根本沒有看翟克，一眼也沒有，他只是望著遠遠的角落，角落外面的咖啡座……」炳藻筆下這個白俄樂師，和巴金〈將軍〉一篇所寫的白俄，其不同處，正在前者那股令人難忘的淡淡哀愁。〈籬邊的音樂〉氣氛之佳，給人如醇醪的感覺。〈門後〉寫巴基斯坦人，流露的遊子情懷，引人深思。寫這兩篇小說時，炳藻人在香港，一邊讀書一邊教書，我真不知道他對角色的認識是怎樣得來的。瘂弦寫芝加哥和巴黎之前，根本沒有去過這些異域。炳藻寫這些異鄉人時，可能憑的是想像。他想得遠。

近的事物，當然更引起他的關懷。〈狗種〉（一九六六年）寫警察向熟食檔收黑錢的事，〈拒〉（同年）寫文化騙子的嘴臉，極具社會現實性。〈膿〉（一九六七年）寫教育制度的流弊，現實性之外，更包含了作者親身的體會。〈狗種〉和〈拒〉與其他諸篇不同，有較激烈的場面；大抵作者雖然稟性溫和，面對社會上不合理的現象，也有義憤填膺的時候，因而形成淡遠風格之外的另一面。〈狗種〉那個年代，政府還沒有廉政公署這個機構，警察收黑錢是司空見慣的事。炳藻雖然在小說中始終沒有用過「警察」二字，但其身份昭然可辨；寫這一篇是需要些道德勇氣的。〈去夏在紐約〉和〈相煎〉則在美國完成。前者述中國留學生在餐館打工的苦事，我留美時在暑期也吃過這種苦頭，所以讀起來特別有戚戚然之感。後者寫華埠中國靑

217

年遊手好閒、惹事生非，筆外大有魯迅「救救孩子」的菩薩心腸。炳藻在港時執過教鞭多年，對少年問題非常關心，乃有此篇。

〈膿〉和〈去夏在紐約〉，說理的成份甚重；雖然具有小說的架構，性質無疑接近散文。〈鴻雁〉則由兩封信合成，連小說的形式也不具備。我覺得炳藻大部份所寫的小說，要不是偏於說理的（如上述）；就是偏於抒情，擅於營造氣氛，如前面提到的〈投影〉和〈籬邊的音樂〉等篇。人物性格的精工刻畫，故事情節的著意安排，並不是他所最致力的。炳藻寫的是散文式小說。

六〇年代後半期，是炳藻才華煥發的歲月。我們看到他盡量嘗試各種題材：一九六六年發表的〈狗種〉、〈拒〉、〈門後〉和〈絃動的時候〉（這篇寫工業化對農村的影響）四篇，題材和人物都不相同，可見他拓展的雄心。與某些把題材局限於一隅的作家，不可同日而語。〈狗種〉一篇的材料，據他說是「半採訪式」地搜集得來的，實在用了不少心血。這樣火辣辣的題材，這種投入的精神，可惜在他赴美之後，就不再出現了。炳藻赴美後創作奇少，近幾年更只寫「學院派的功名文章」。對文學創作，他既淡且遠了。八一年秋天，劉紹銘兄一家和我特地驅車從陌城到愛奧華城看炳藻，發覺他簡直是半個隱士。在人煙稀疏的鄉間，他種樹養花，教書之外，過的是非常清靜的生活。炳藻寫小說的才情，在十多年前就已獲得承認

（他得過《中國學生周報》的好幾屆徵文獎），這本《投影》是一明證。這本書的出版，會不會使他改變「淡遠」的態度，重新燃起創作的熱情，以精益求精的藝術，寫在美國各地多年來積聚的人生體驗，與當今名家爭一日之雄長呢？我遠隔著太平洋，靜靜地等候答案。

一九八三年

掩人耳目

我手裏拿着一個酒瓶，口中不斷含糊地唱着歌，裝出一副醉漢的模樣，**掩人耳目**。

意思：比喻欺騙、蒙蔽他人。

騎虎難下

如今我已經知道了他們太多秘密，可謂**騎虎難下**，如果我拒絕，還能走出這座大使館嗎？

意思：騎在老虎的背上，害怕被咬而不敢下來。比喻事情迫於情勢，無法中止，只好繼續下去。

目光灼灼

那老者**目光灼灼**，又向我撲了過來。

意思：形容眼神明亮。

哭笑不得

我登時**哭笑不得**，我什麼時候成為戀愛顧問了？

意思：哭也不好，笑也不好。形容處境尷尬。

衛斯理系列 少年版 09
藍血人 上

作　　　者：衛斯理（倪匡）

文 字 整 理：耿啟文

繪　　　畫：余遠鍠

責 任 編 輯：周詩韵　彭月

封面及美術設計：BeHi The Scene

出　　　版：明窗出版社

發　　　行：明報出版社有限公司

　　　　　　香港柴灣嘉業街 18 號

　　　　　　明報工業中心 A 座 15 樓

電　　　話：2595 3215

傳　　　真：2898 2646

網　　　址：http://books.mingpao.com/

電 子 郵 箱：mpp@mingpao.com

版　　　次：二〇二〇年一月初版

　　　　　　二〇二〇年七月第二版

　　　　　　二〇二二年七月第三版

I S B N：978-988-8525-65-2

承　　　印：美雅印刷製本有限公司